TAKE
SHOBO

完璧なる卒業計画!?

女嫌いの次期大公が「お前で(DT)卒業してやろうか」と求愛してきました

あさぎ千夜春

Illustration
沖田ちゃとら

蜜猫
MitsuNeko

contents

第一章　お前で卒業してやろうか　006

第二章　舞踏会　030

第三章　秘密の契約　067

第四章　初めての夜　090

第五章　帝国からの婚約者　128

第六章　秘密の恋人　162

第七章　濡れ衣　182

第八章　あきらめない　203

第九章　頼ってほしい　218

第十章　自分の力で　257

番外編　溢れるほどの愛を　277

あとがき　287

イラスト／沖田ちゃとら

卒業計画 完璧なる!?

女嫌いの次期大公が
「お前で（DT）卒業してやろうか」と
求婚してきました

第一章　お前で卒業してやろうか

「きみで、卒業するのもありかもね」

しんと静まり返った図書館に、麗しい男の声が響く。

蔵書三十万冊を誇る宮殿内の図書館に興奮しっぱなしだったモニカは、まず幻聴を疑った。

だが青年は食い入るようにこちらを見ているので、眼鏡を指で押し上げながら、仕方なく尋ねる。

「今、なんと？」

「だから……お前で、童貞を卒業してみようかと言ったんだ」

蜂蜜のようなきらめく黄金の髪をくしゃくしゃとかきまわし、馬鹿みたいなことを真剣な表情で言い放った男は、宮殿の主であるリンデ公国大公の長男。

名前をアルフォンス・アンゼルム・コルヴィヌス・フォン・リンデという。

年齢は二十五歳で、つい先日留学から帰ってきたばかりの次期大公であり、リンデ一の芸術家が丹精込めて彫った太陽神《たいようしん》そのもののような、周囲とは一線を画した美貌の持ち主だ。

一方自分は二十二歳の国立図書館で働いている貧乏子爵令嬢で、職業婦人でもある。

家族には『モニカの栗色《くりいろ》の髪と鮮やかなブルーの瞳は世界一素敵よ！』と褒められているが、大きな丸眼鏡を外したらすごい美人とか、そういうからくりもない。どこにでもいる平凡な容貌だ。

なのに今、この国で最も身分が高く美しい男から『お前で童貞を卒業させてやる』と言われているのである。

（なんだか、大変なことになってしまったかもしれない……）

モニカは手にしていた本を、そうっと長机の上に載せ、まったく臆していませんよ、という態度で胸を張り拳を作った。

いくらアルフォンスが魅力的な男でも、雰囲気に流されるつもりはない。

いざとなれば実力行使に出ます、という決意の表れだ。

キリッとした表情のモニカの手元を見て、彼は軽くため息をつく。

「とりあえず平和的に対話を試みたいんだが」

「――同意見です、公子」

貴重な本で公子は殴れない。いざとなったらグーだと思っていたモニカは、それを聞いて何事もなかったかのように手を下ろす。

日々を平穏に生きていきたいと思っているモニカにとって、次期大公の申し出は、ろくでもないことになる予感があったが、若干の好奇心が背中を押した。

舞踏会はまだ続いているのだ。次期大公の話を聞いたところで損はない。暇つぶしくらいにはなるだろう。

モニカの脳裏に、この十日ほどの出来事が走馬灯のように駆け巡る――。


二十二年前、モニカ・フォン・シュバリエはリンデ公国子爵の末娘としてこの世に生を受けた。

リンデ公国は大陸の西方にあり、産出量が少ないことで知られる地下資源を有し、独占することで富を築いている主権国家だ。海に面した風光明媚《ふうこうめいび》な土地柄で、世界中の貴族や富裕層が集まる別荘地があり、公営のカジノは夜通し煌々《こうこう》と輝き、毎日天文学的な数字が動く。芸術と文化を愛する豊かな国である。

そんな環境で育ったモニカは、本さえ与えていればご機嫌な子供だった。

文字が読めるようになるやいなや、両親にねだって毎日のように図書館に入り浸り、朝から晩まで好きなだけ読書に耽《ふけ》った。

ピアノにダンス、刺繍《ししゅう》等々、花嫁修業としてあれこれと学びはしたが、読書だけは一度だって飽きなかった。字が書いてあれば何でも嬉《うれ》しいというそこそこの本好きに成長してしまい、読むものがないときは辞書を眺める日々だった。

そんなモニカを見て両親や三人の姉たちは『本の虫どころではないわね』と呆《あき》れていたが、世の中には『女が本を読んで知恵をつけるなんて結婚が遠のく』という地獄のような親もいるらしい。

咎《とが》めたりするような人たちではなかったのは、モニカにとって運がよかったかもしれない。

そんな本の虫モニカが自分の将来を決めたのは、十二歳の時だ。

ある日の夜、喉が渇いて真夜中にベッドを抜け出したところで、両親が『四人の娘を嫁入りさせた時が、我が家の終わりの時だなぁ……ハハ……』と嘆いているのを盗み見て、シュバリエ家の家計が火の車であることを知った。

（えっ、そうだったんだ……！）

シュバリエ家では二年前に長女が、今年に入って次女が嫁入りしたが、娘は自分込みで残りふたり。まだ折り返しにはいったばかりである。

年頃になれば社交界デビューし、シーズン中に夫候補を探し、しかるのちに結婚するものだという常識がモニカの中にも存在していたので、衝撃の事実だった。

だが確かに、物語の中でも結婚の準備にはお金がかかっていた。持参金は当然のこと、花嫁道具だって用意しなければならない。

おっとりした三女などは『お金持ちの商家の男の子と結婚するべきかしら？』なんて笑っていたが、シャレにならない状況なのは事実のようだ。

（お父様とお母様のことだから、借金してまで結婚の準備をしそうなのよね……）

モニカは足音を立てないように部屋に戻り、ベッドにもぐりこみ思案した。

シュバリエ家は由緒正しい貴族だが、歴史はあれども金がないという典型的な現代貴族だ。

両親は愛する娘たちを分け隔てなく愛情たっぷりに育てており、おそらく最後に結婚するであろう四女モニカのために、なんとかお金を捻出するだろう。

（それは、よくないことだわ……）

娘四人を嫁にやって実家が破産だなんて、意味がないにもほどがある。

なので一晩じっくり考えて、モニカは決心した。

「お父様、お母様、お姉様。お耳をお貸しください」

翌朝、朝食の時間にきりっとした表情で発言した末娘に、家族たちはまたなにかろくでもないことを言い出すのでは、と思ったが、素直に凛々《りり》しい表情をしている娘を見守る。

モニカは自分に注目が集まっていることに満足しながら、

「私、モニカ・フォン・シュバリエは、ここに生涯独身宣言をいたします！」

と声を上げたのである。

真面目で優しい両親、それにおっとりした三女は、さすがにパンをちぎる手をとめざるを得なかった。

「どうしたんだい、急に……！」

当然、父は慌てふためいたし、母も「まっ！」といったっきり、あんぐりと口を開けて言葉を失っている。

ただ三女だけが、モニカの意図を理解し、

「もしかしたら私に気を遣っているのではないの？」

と身を乗り出しささやいた。モニカならいつかそんなことを言い出すのではないかと、なんとなくわかっていたのかもしれない。

「そうじゃないわ、姉様。だって私がそうしたいってだけだもの」

本当は両親に路頭に迷ってほしくないのが一番の理由ではあるが、それは言わなくてもいいことだ。

モニカはすとん、と椅子に腰を下ろすと、目の前に座っている両親を真面目に見つめる。

「あぁ……モニカ。お前の気持ちは尊重したいが、パパはママと社交シーズンに出会って、恋をして結婚して、かわいい娘たちを授かったんだ。だからお前たちにも同じように結婚をして、幸せになってもらいたいんだよ」

案の定、父はモニカの独身宣言を受け入れたくはないらしい。

だがモニカは静かに首を振って、それからにっこりと笑みを浮かべた。

「私は結婚を否定していないわ。パパとママはいつまでも仲が良くて、私たち姉妹を惜しみなく愛してくれているもの。それってとっても素敵なことよ」

末娘の発言に、両親はじぃんとしたように頰《ほお》を緩ませる。

そう、両親がたいした贅沢《ぜいたく》もせず、自分たちの幸せを考えてくれていることくらいわかっている。だからこれ以上負担になりたくないし、そもそも自分は結婚することにあまり意義を見出《みいだ》していない。愛し合う両親を素晴らしいなと思うが、それはそれだ。

「でも私は、勉強したいの。世界中の本を読みたいの。私にとって、結婚よりも大事だって思う、それだけのことよ」

言い切った瞬間、十二年の人生の中でなんとなく胸に抱えていた悩みが、すうっと溶けて消えるような不思議な感覚があった。

昨日の盗み聞きがきっかけではあるが、多分自分は、ずっとそうしたかったのだろう。

そこで母親が心配そうに問いかける。

「でも……結婚しないでどうするの？」

「もちろん、働くつもりよ」

「えっ！」

働くと言ったモニカに、両親の目は点になる。

「それはその……宮殿で働く女官になる、ということかい？」

父がおそるおそる尋ねる。

貴族令嬢は労働などしないが女官は違う。名誉職でもあり、宮殿に出入りする上流階級の男たちに見初めてもらう、出会いと花嫁修業の場という側面があるのだ。

それならまぁ、百歩譲って受け入れられないことはないと、両親は思ったのだろう。

だがモニカは「うーん……」と首をひねる。

「それも考えたんだけど、なんかちょっと違うかなって。ほら、ベティおばさまがすごく苦労したでしょう？」

「それはそう、だなぁ……」

モニカの言葉に父が渋い表情になる。

父の姉であるベティはたいそうな美人で、リンデ大公の宮廷で女官として働いていた時期があるのだ。輝くような美貌で『シュバリエの白薔薇《しろばら》』と呼ばれていたのだとか。だが性格は父とよく似ており、おっとりを絵にかいたような女性で、宮廷での生活になじまなかった。

死ぬほどモテたらしいが、周囲の女性にかなりいじめられたようで、

『私の下着だけ捨てられるとか、家族からの手紙を盗まれるとか、嘘《うそ》みたいな嫌がらせをされるのよ。女官になるなんて、心臓に毛がはえていないと無理よ』

と、結婚して勤めを辞めた今でも、話題に出すほどだった。

「まぁ、私はベティおばさまみたいにきれいではないけれど……」

モニカがえへへ、と笑うと、両親と姉が目を三角にして、

「モニカはかわいい！」

と声をそろえて叫ぶ。

こういう時、自分は愛されているのだなぁと嬉しくなるし、夢を大事にしていいかもしれないと思えるのだ。

惜しみなく注がれる愛は、自分の価値を高めてくれるものなのだろう。

「まぁ、先のことはわからないけれど、とにかく働くわ。勉強して大学に入って、職業婦人になるの！」

十二歳のモニカは期待に目をキラキラと輝かせながら、小さなこぶしを突き上げたのである。

そうして――モニカは十年後、宣言通り職業婦人になっていた。優秀な成績で大学を飛び級で卒業し、教授から推薦を貰《もら》い、二十歳で念願の図書館勤務の職を得た。勤務先はリンデ国立中央図書館で、仕事内容は資料や書籍の収集と保存、それに図書館にやってくるリンデ公国民たちの対応が主である。

地下一階、地上二階建ての中央図書館の利用者は一日数千人にものぼるが、職員の数は五十人程度なので、いつも忙しい。だが二十四時間、本に囲まれて生きていたいと思っていたモニカには最高の職場だ。

ちなみに三番目の姉はモニカの就職前に結婚して家を出ている。なので今は基本的には両親と王都できままな三人暮らしだ。

モニカは毎日を単調に過ごす。

毎朝六時に起床し、身支度を調えたのち家を出て乗合馬車で出勤。

七時にカウンター奥の事務スペースでゆっくりとコーヒーを飲み、ピーナッツバターを挟んだサンドイッチを食べ、八時半まで本を読む。九時から始業、その日の出勤メンバーでお昼休憩を回し、一時間の休憩を取った後、六時まで働く。

働き始めてほぼ変わっていないルーティーンだが、苦痛だと思ったことは一度もない。愛すべき平穏な日々を送っていた。

そんなある日の昼休みのこと。

「モニカ、休憩中に申し訳ないんだけど、カウンターをお願いしていいかなぁ。利用者さんが探してる資料があるみたいで」

事務スペースでお昼休憩をしていたモニカのもとに、職員が申し訳なさそうに顔をのぞかせた。

「大丈夫ですよ。もうランチは終えましたから」

モニカはハンカチで口元を拭き、ロングスカートの膝の上に散らばったパンくずを払った後、ブラウスの首元のリボンをきちんと結びなおし、銀縁眼鏡を中指で押し上げながら立ち上がる。

図書館カウンターの奥にある事務スペースを出ると、若い女性がそわそわした様子で立っていた。

「お待たせしました。なにをお探しですか？」

声をかけると、流行の最先端らしい華やかなデイドレスに身を包んだ彼女は、モニカを見て少し恥ずかしそうにうつむく。

背後には少し年上の女性が、あたりをきょろきょろと見まわしながら付き添っている。おそらく裕福な商家のお嬢さんだろう。彼女はモニカを見て、小さなハンドバッグから新聞の切り抜きを差し出した。

「この詩の全文を知りたいの」

「拝見しますね」

切り抜きを受け取り日付を見ると、数日前の夕方に発行されたタブロイド紙のようだ。

中央図書館にも新聞を読みに来る常連さんがたくさんいるし、モニカも一通り目を通すのだが、それは初めて目にする記事だった。

(あぁ……やっぱりアルフォンス公子の記事だ)

センセーショナルな見出しに囲まれた紙面には、アルフォンスの顔写真が掲載されている。

リンデ国内では、タブロイド紙を含めて毎日たくさんの新聞が発行される。

十年に及ぶ帝国留学から帰ってきた公子は、リンデ公国のシンボル的存在で、帰国してからは、彼の写真を見ない日はないと言い切っていいくらいのフィーバーぶりなのだ。

記事をざっと読んだところ、リンデの公子で次期大公であるアルフォンス公子が、留学中の思い出を語っている内容だった。最後に、とある人に教えてもらったという詩を引用している。

「なになに……」

モニカは新聞を改めてカウンターに広げて、女性と一緒に覗《のぞ》き込んだ。

寝台に差し込む月の光
白い輝きがあなたの横顔を照らす
見つめていると故郷を思い出す
あなたは僕を見ないのに
遠い海の向こうの人なのに——

（まるで実体験のような……って、勘違いさせそうな詩ね）

女性が詩を口ずさんだ後、ほうとため息をつく。

「アルフォンス様のことですもの。帝国でも、さまざまな美姫《びき》と思いを交わされたのでしょうね。この詩を公子に贈った方も、きっと女性に違いないわ。ああ、罪なお方……でもそこが素敵ッ……！」

女性はうっとりした目で新聞に掲載されている公子の写真を見つめ、夢見心地だ。

さまざまな美姫云々《うんぬん》が、勝手な妄想と言い切れないのが、アルフォンス公子という男のやっかいなところでもある。

そう――アルフォンスは女性の噂《うわさ》が絶えない人だった。恋多き男性とでもいうのだろうか。留学中もありとあらゆるタイプの女性と話題になり、その噂は帝国から遠く離れたリンデまで届くほどだった。ちなみに恋のお相手は、帝国の伯爵令嬢だったり、舞台女優だったり歌姫だったり、はたまた豪商の娘だったりと、いずれも帝国社交界をにぎわわせる、華やかな女性ばかりだ。

アルフォンスは新聞記者に突撃されても『親しい友人のひとりです』としか答えないが、相手の女性はみなアルフォンスにお熱だったし、女友達でいたいなんて思っている娘はひとりもいないだろう。

彼はこの国では二番目に位が高く、美しい上に文武両道と噂の男で、帰国してまだ数か月にも関わらず『次期大公妃《たいこうひ》は誰だ⁉』と何度も新聞で特集が組まれている。

確かに次期大公の花嫁はリンデ国民にとって大きな関心ごとではあるが、どうもゴシップの匂いが強すぎて、モニカは若干飽き飽きしていた。

（そもそもお互い同意の上なのかしら……。中には公子のことを本気で好きになった女性もいたのではないかしら。だとしたら、火遊びの犠牲になった方がおかわいそうだわ）

いくら婚約者を持たない若い男性とはいえ、責任ある立場で浮ついた態度は周囲を惑わせるだけである。お堅いといわれるかもしれないが、正直公子の振る舞いは、軽率で軽薄だ。次期大公として感心しない。もちろん、そんなことは誰にも言えないが。

日々の平穏を心から愛しているモニカは、公子のお遊びに他人事ながら少々苛立《いらだ》っていたのだった。

（――って、私が公子をどう思うかなんて、どうでもいい話だわ）

モニカは思考を切り替えて顔を上げ、眼鏡を指で押し上げながら答える。

「こちらの詩ですが、千五百年前の東方の詩人のものです」

「まぁ、東方の……？」

「ええ。時代を象徴する詩人ですから、この図書館にも訳されたものはたくさんあります」

モニカはカウンターの上のメモ用紙に、本が置かれている場所を書き付けて差し出す。

「おすすめは、リンデ大学の教授の本です。現代語訳されていてわかりやすいし、最初の一冊にちょうどいいですよ」

女性はモニカが書いたメモを見て「ご親切にありがとう」と微笑《ほほえ》む。

「公子にお目通りできる機会があったら、お話のきっかけにしたかったの。普段は本なんて全然読まないから、助かったわ」

そして付き添いの女性とともに、いそいそとカウンターを離れたのだった。

（そういえば来週、宮殿で舞踏会があるんだっけ……まぁ、私には関係ないけれど）

アルフォンス公子の帰国を祝う舞踏会には、貴族や財閥が怒涛《どとう》のように押し寄せるはずだ。

一応シュバリエ家も貴族の一員には変わりないので、両親あてに招待状は届くはずだが、参加するつもりはまったくない。自分が舞踏会なんて、どう考えても似合わないし、まず着ていくドレスがない。

「モニカ、ありがとう」

女性を見送ったところで、先ほどモニカに助けを求めた職員が恥ずかしそうに戻ってきた。

「いいのよ、気にしないで」

女性職員は、図書館フロアを見回しながら、肩をすくめる。

「それにしても最近、若い女性の利用者が増えたわねぇ。図書館としては利用者が増えるのはありがたいけれど」

「さっきの女性も、公子が読まれた詩のことを知りたいってわざわざ図書館まで来てくれたのよ。それってすごいことだと思うわ」

彼の派手な女性関係は正直目に余るが、これをきっかけに本好きがひとりでも増えてくれたら、やっぱり嬉しいと思う。

「となると、この熱狂もアルフォンス様が婚約者を決められるまでの間ね」

同僚女性が肩をすくめる。

「だったらぜひ、公子には『読書好きな女性がタイプ』って言っていただきたいわ」

モニカは職員と声を抑えつつ、クスクス笑いあったのだった。

それから数日後。閉館時間を迎え書庫のカギを閉めていると、人気のない静まり返ったフロアに、ざわざわと大勢の人たちの声が響いて聞こえた。

いったい何事かと声のしたほうに歩いていくと、男性三人がカウンター前で騒いでいる。

「俺たちエーリクの本、探してるんだけど～！」

すでにフロアの半分の明かりは消されている。閉館時間だとわかっているはずなのに、とても人にものを頼む態度ではない。一緒にいるほかの青年たちも、取り立てて彼を咎める空気でもない。明らかに無礼な若者の集団である。普段の図書館では見ないタイプだ。

案の定、カウンターの中にいたおとなしい同僚は戸惑いながら、モニカのほうにすがるような視線を向けてきた。

ここは自分が出ていったほうがいいだろうと、モニカは真顔からにこやかな笑顔を作り、つかつかとカウンターに向かう。

「申し訳ありませんが、閉館時間を過ぎていますので、また明日お越しください」

「は⁇　別にいいじゃん。ちょっと探して持ってきてよ」

年のころは二十歳《はたち》前後だろうか。着ているものは明らかに仕立てがいい。それなりの身分の子息に違いない。

（大学の図書館ではもう借りられないから、こっちに来たのかしら）

おそらくレポートの締め切りが間近なのだろう。だがそんなことは、モニカにはまったく関係ない。そもそもレポートならもっと早く準備しろ。内心若干ムカつきながらもニコニコと微笑む。

「エーリク先生は国を代表する歴史学の権威で、単著だけで五、六十、共同名義まで併せれば著書はゆうに百冊を超えます。ちょっと探して持ってこいと言われても、困ります」

青年が口にした『エーリク』というのは、リンデ公国の国立大学の学長の名だ。しかも現大公の従兄弟でもあるので、この国で知らない人はいないレベルの人物である。穏やかで知的な印象で、モニカも何冊か著作を読んだことがあった。

「はぁ?」

モニカの姿を見て、明らかに男は不機嫌な顔になった。そしてイライラした様子でカウンターに肘をつく。

「いや、そういうできない理由あげるの、別にいいからさ。とりあえず適当にそれっぽいもの持ってきてよ。ほら、早く。こっちは急いでるんだから。仕事してよ、し～ご～と。あんたたちは俺らの税金で生活できてるの、わかってる?　わきまえなよ」

どうやらモニカの話に、耳を傾けるつもりすらなさそうだ。

おまけにこちらを威嚇したいのか、カウンターをこぶしで叩《たた》き始める。

ダァン、ダァンと、大きな音が静かなフロアに響き渡った。

直接暴力をふるっているわけではないが、これは脅しだ。

案の定、大人しい同僚などは顔が真っ青になって、今にも倒れそうである。男性職員がいればよかったのだが、彼らは別フロアで閉館作業をしているので、呼んでくるのも難しい。

（仕方ない。とりあえず一番新しい著作と、過去のベストセラーを持ってくるしかないか）

こんな無礼な人間に、大事な本を渡したくないが、図書館司書として利用者の差別はできない。モニカはぐっとこぶしを握り、口を開く。

「わかりまし――」

「きみたちが探している本は、これだったりする？」

突如、空気を一新するような涼やかな声が響いて、全員が驚いたように振り返った。

半分明かりが消されたフロアから、燦然《さんぜん》と輝く星のように、その男はゆっくりと姿を現す。

どこか禁欲的に見える立ち襟のシャツにクラバットをあざやかに結んだ彼は、恐ろしく長い足をズボンとロングブーツに包んでおり、目が覚めるような蜂蜜色の髪と、すみれのような赤みがかったブルーの瞳をしていた。

しみひとつない陶器のような肌が、ぼうっと浮かび上がり、人を圧倒する気配に息をのむ。

その場にいる全員が彼に見惚《みほ》れて、それから数秒後にハッと我に返った。

「あっ……アルフォンス公子……！」

カウンターにもたれていた青年が、慌てたように背筋を伸ばす。

（嘘……アルフォンス様⁉）

今日だって、新聞記事を読んだばかりなのに、彼の存在感が圧倒的過ぎて、公子だと気づかなかった。

「悪いね。つい夢中で読み込んでしまって」

アルフォンスはそう言って、持っていた本をカウンターの上にのせる。

そして唇を引き結ぶモニカに向かって、

「返却をお願いします」

と、丁寧に本を差し出した。

「あ、はいっ」

図書館の本は、リンデ公国の国民なら誰でも無料で借りられる。

まさか公子も図書館を利用するとは思っていなかったが――。

慌てて本を手に取り、返却期限票の日付と書籍のタイトルを確認し、貸出記録を取り出した。

そこに挟んであるブックカードを抜き取り、本のブックポケットに手早く差し込む。そして貸出券をアルフォンスに差し出した。

「ご返却ありがとうございます」

少々のことでは驚かないモニカだったが、さすがに手が震える。

あまりの状況に、公子も貸出券を持っているんだ、なんて馬鹿みたいなことまで考える。

「いや、こちらこそ遅れて申し訳なかった。もうダメかなと思って入館したら、大きな声が聞こえたから、図々《ずうずう》しくも入ってきてしまって」

彼はさらりとそう言うと、相変わらず直立不動で立っている学生たちを振り返った。

「きみ、この本、今から借りるんだよね。僕のせいとはいえ、彼女たちに残業させるわけだから、一応この場に残らせてもらうよ。いいね？」

言葉遣いは穏やかだし、物腰も柔らかい。丁寧に『お願い』している。

「さ、貸出券を出しなさい」

アルフォンスはそう言って右手を差し出した。

（これは、暗にお前の名前を、身分を教えろと、おっしゃっている……！）

物腰は優雅で柔らかいのに、次期大公には他者を圧倒するような謎の雰囲気があって、青年たちはぶるぶると首を振り後ずさる。

「い、いえ！　申し訳ありません！　今日は遠慮させていただきます！」

彼らは深々と頭を下げると、そのまま跳ねるように図書館フロアを飛び出していった。

「はぁ……」

軽くため息をついたが、モニカは慌てて顔をあげ、アルフォンスに向き合った。

「助かりました、ありがとうございました」

すると彼は切れ長の瞳を細めて、肩をすくめた。

「本を返すのが遅れた僕が、感謝される意味がわからないな」

アルフォンスはふっと笑って、それから硬直したままの同僚女性にも優しく声をかける。

「怖かったね。大丈夫?」

「はっ……はいぃぃぃ〜……」

同僚女性は至近距離のアルフォンスに、違った意味で卒倒しそうである。

(いや……すごい。彼に対して、マイナスイメージを持っていた私ですら、彼のきらきらパワーに圧倒されてるわ……)

緊張があふれ出さないよう、唇を引き結び、口内を噛《か》んで誤魔化《ごまか》していると、アルフォンスがふと思い出したように口を開く。

「きみ、どこかで会ったことある?」

「え?」

「どこかで話したことなかった?」

軽く腰に手を当てて首をかしげるだけで、天に輝く太陽がたわむれに人の形になって降臨したような美貌だ。

「い、いえ……お会いしたことはありません。お話させていただいたのは今日が初めてです」

図書館を利用しているのなら、モニカの顔を見たことがあってもおかしくはないと思うが、そういうことではないようだ。モニカはぶんぶんと首を振った。

アルフォンスは十代前半でリンデ公国を離れ、かれこれ十年以上帝国に留学している。年に

数回帰国することもあるが、一応貴族の末席にいるとはいえ、表立った場に顔を出していない自分がアルフォンスと話す機会などあるはずがない。

「そう、か」

アルフォンスはふうんとうなずき、それから何事もなかったかのように、

「邪魔したね」

と言って、スタスタと図書館フロアを出ていった。

彼が姿を消した瞬間、また図書館に静寂が戻り息が吸える心地がする。

「うわぁぁ、モニカ~‼」

固まっていた同僚女子が慌てたように近づいてきて、モニカに抱き着いてきた。

「大丈夫?」

苦笑しつつ背中を叩くと、

「無理無理、っていうか、あれアルフォンス様だったよね⁉ あの生意気な学生たちを追い払ってくれたんだよね⁉ なんだか夢みたい……! 誰もこんな話なんて信じないわよ~! はーっ、ドキドキした!」

同僚女性が興奮したように声を上げる。

「確かに私も信じられないわ……っていうか、ひとりで出歩いたりするんだって、そっちにビックリしたかも」

「あ、それは私も思った。てっきり護衛とか取り巻きに囲まれていると思ったのに！」

新聞や雑誌で見る彼は、上位貴族の子息たちの輪の中にいて、ひとりで行動するイメージは皆無だった。

それにしても、どこかで会ったことがあるかと聞かれたのは、なぜだろう。

もしかして『口説かれて』いたのだろうかと一瞬だけ考えて、そんなわけないと慌てて否定した。

あの太陽神の化身が、自分のような平凡を絵に描いたような女を相手にするはずがない。

モニカは同僚を落ち着かせるべく背中をとんとんと叩きながら、もうこの場にいないアルフォンスの幻《まぼろし》を見つめていたのだった。

第二章　舞踏会

アルフォンスに再会したのは、それから一週間ほど経《た》ってからのことだった。

返却された本をブックトラックに積んで書架の間を押していると、

「ねぇ、いいでしょう……？　私ならあなたの期待に応えることができますわ」

と、何かをねだっているような、色っぽい女性の声が聞こえた。

あたりをきょろきょろと見回したが、誰もいない。このあたりは書誌学のコーナーで、普段人が集まるような場所ではないのである。

（これは……破廉恥の予感！）

まことに残念な話であるが、図書館では軽いイチャイチャから、そのまま盛り上がってことに及んでしまう恋人たちも、まれにではあるが存在する。

こういう場合、図書館職員は無視することはできない。本はすべてリンデ公国の税金で賄われていて、万が一汚れたり破損するようなことがあれば、修理補修を行うのは職員の役目なのだ。余計な仕事を増やしたくないし、そもそも図書館には子供も来る。

（よし、今のうちに注意しておこう！）

モニカはブックトラックを押しながら、声のしたほうへと向かった。

書架の間、奥にふたつの人影が見える。こういうのは『なんとも思っていませんよ』という態度でないと、こじれることがある。だから気を付けて声をかけた。

「あの――」

次の瞬間、麗しい男の声が響く。

「僕は、こっそりと人の跡をつけてプライバシーを侵害するような女性をパートナーに選びたくない。それにきみの申し出は、御父上を通してお断りしたはずだ」

（この声は――）

まさか、と思った次の瞬間、顔を真っ赤に染めた女性が奥から飛び出してくる。

「ちょっ……きゃっ！」

慌てて避けようとしたところで、モニカの背中がブックトラックに音を立ててぶつかり、床に本が散らばった。

「あぁ～……」

逃げ去った女性のことが気になったが、なによりも本だ。

慌ててその場にしゃがみ込み、本を手に取り破損していないかページをめくっていると、

「ごめん」

目の前に同じように青年が腰を下ろし、本を拾い上げる。

モニカの目の前で金色の星屑《ほしくず》がきらめいて、一瞬息が止まりかけた。

「アルフォンス公子？」

「あぁ……きみは先日の」

アルフォンスは蜂蜜色の髪をくしゃりと書き上げると、金色のまつ毛に囲まれた目を細めて、モニカを見下ろす。

その無言の圧にハッと我に返ったモニカは、

「絶対に誰にも言いません、ので……！」

ときっぱりと口にし、そのままじりじりと後ずさった。ふたりの会話をすべて聞いたわけではないが、アルフォンスは先ほどの女性に跡をつけられたらしい。女癖が悪いと評判の公子だが、図書館でひとりの時間を邪魔された彼には同情の余地がある。

「では、失礼します」

丁寧にロングスカートをつまんでカーテシーをしたところで、アルフォンスがゆっくりと口を開いた。

「待って。きみの名前は？」

「モニカ・フォン・シュバリエと申します」

するとアルフォンスは何度か瞬《まばた》きした後、思い出したように口を開く。

「ああ……シュバリエの娘だったのか。毎年たくさんの栗《くり》をありがとう。妹たちがとても楽しみにしているんだ」

アルフォンスの言葉に、モニカは仰天した。

「えっ！」

「ん？　違ったかな」

仰天するモニカを見て、アルフォンスが不思議そうに首をかしげる。

「いえ、そのシュバリエです……」

彼の言うとおり、シュバリエ領は栗の名産地で毎年たくさんの栗が取れて、それを大公家にお送りしている。いわゆる献上品だ。だが宮殿には一年を通してありとあらゆるところから、真珠や宝石、最高級の絹だったりと、献上品が集まる。モニカ個人的にはシュバリエ領の栗は世界で一番おいしいと思っているが、言い方は悪いが『たかが栗』なのである。

なので、次期大公の彼がそんなことまで把握していることに純粋に驚いてしまったし、少しだけ気持ちが弾んでしまった。

「驚きました。姫様たちまで召し上がってくださっているのですね。ありがとうございます。両親に伝えたらきっと喜ぶと思います」

するとアルフォンスは切れ長の目を細めて、柔らかく微笑む。

「妹たちは『シュバリエ領の栗』を毎年一番の楽しみにしているよ。届くとすぐにパティシエに栗のケーキを作らせて、ふたりでホールごと食べている。彼女たちが言うには、よその栗とは全然風味が違うらしい」

「まぁ……」

アルフォンスには少し年の離れた双子の妹がいる。確かまだ十五歳にもなっていないはずだ。あの美しい姉妹たちの口に入っていると思うと、なんだか誇らしい気持ちになってきた。

「ケーキもいいですが、焼き栗《やぐり》もお勧めいたしますよ」

「焼き栗？」

「庭で落ち葉を集めて、網にのせて、ナイフで切れ目を入れた栗を、じっくり皮が破裂するまで焼くんです。待っている間はお茶を飲んだり、本を読んだりして、ゆっくり時間が過ぎるのを待ちます」

「へぇ……それは贅沢な時間だな。今年の秋にでもやってみようかな。妹たちも喜ぶだろうし」

アルフォンスはそう言って、それからモニカを見つめ、

「そうか……シュバリエか」

と小さくつぶやいた。含みがある。

まだなにかあるのだろうか。正直に言えば、このまま和やかな気分のまま立ち去りたいと思ったが、彼がじっとこちらを見ているので、動けない。

「あの、公子……？」

おそるおそる上目遣いになると、彼は腰にひっかけていた手を放し、

「失礼」

モニカの手に伸ばし、かけていた眼鏡に触れる。

「……っ⁉」

驚きすぎて声すら出なかった。アルフォンスの大きな手がモニカのなんの変哲もない銀縁の眼鏡を外し、それからモニカの顎先を指で持ち上げる。

「あ、あの……？」

「眼鏡を外したら、僕の顔ももう見えない？」

ずいっと顔を近づけてくるので息が止まるかと思った。

至近距離のアルフォンスの顔は輝くほど美しかった。彼のすみれ色の瞳は金色のまつ毛に縁どられて、細く高い鼻梁《びりょう》は品があり、唇はふっくらとしてもぎたての桃のような色をしていた。

（う、う、美しすぎる〜〜〜！）

神様が懇切丁寧に作り上げた美貌に、眩暈《めまい》がする。

「い、いえ、そんなことは、ありません……。その、えっと、眼鏡があったほうが本が読みやすいので……普段からかけているだけで……」

次第に語尾が弱弱しくなったのは、彼に吐息が触れそうで怖くなったのだ。太陽のような美

貌が曇る気がして、そうなるなら自分の息が止まった方がマシだとすら思った。

「なるほど。では問題なさそうだな」

アルフォンスは、すいっと顔を離すと改めて眼鏡をかけてくれた。

(なんだかいい匂いがする……！)

彼がつけている香水だろうか。身動きするたびに鼻先をかぐわしい香りが漂う。さわやかで甘いだけでなく、どこかスパイシーでエキゾチックな雰囲気もある。次期大公の彼なら当然調香師が特別にあつらえたものだろう。小瓶ひとつで信じられない値段がするものに違いない。

「あ、あの公子……いったいこれはどういった意図が？」

心臓がバクバクと跳ね回っている。眼鏡を指で押し上げながら問いかけると、

「三日後の舞踏会なんだけど、僕とファーストダンスを踊ってほしいんだ」

「えっ」

一瞬だけ頭が真っ白になったが、それどころではない。

「いや、無理です」

「どうして？」

「釣り合いません」

「シュバリエ家は由緒ある子爵家じゃないか」

「まぁ、歴史だけは古いですが、そういう問題ではなくて……」

モニカは大きく深呼吸しながら、アルフォンスを見上げた。

先ほどのふたりのやりとりから考えると、女性はアルフォンスの帰国を祝する舞踏会のパートナーとして立候補したが、公子のお眼鏡にかなわなかったのだろう。

そこに身元がしっかりしている女が現れたので『これでいいや』と妥協したに違いない。

「アルフォンス公子なら、誰とでもダンスを踊れます」

そう、アルフォンスなら、たとえ舞踏会が一時間後に始まるほどの緊急性があったとしても、リンデ中の独身女性から好きな相手を選べるはずだ。適当に目の前の女を選ばなくてもいいのである。

「冷静だな」

アルフォンスがくすりと笑って、己の顎のあたりを指でなぞるときっぱり言い切った。

「うん、やっぱりきみがいい」

「え？」

「僕に興味がないだろう。好都合だ」

「は？」

目をぱちくりさせていると、彼はふと思い出したように胸元から懐中時計を取り出して、モニカの手を取り握らせる。

「それ、明後日に返してくれたらいいから」

そして慌ただしくスタスタと、書架を飛び出していった。

「ちょっ……」

図書館で大きな声は出せない。

モニカは無言で口をパクパクさせながら、呆然《ぼうぜん》とその場に立ち尽くしたのだった。


その後は一日仕事が手につかず、職場の同僚たちに『顔色がよくないから』と、裏方業務に回されてしまった。仕方なく事務スペースで、ちまちまと資料の整理をしていたが、もうため息しか出ない。

「はぁ……なんで受け取っちゃったの～……」

モニカはため息をつきながら、手の中の時計をじっと見つめる。

黄金色に輝く懐中時計は金無垢《きんむく》で、ずっしりと重かった。クロノグラフ付きの複雑機構だ。蓋と文字盤にはリンデ公国の紋章が刻まれており、アルフォンスのために作られた特別なものだと一目でわかる。

（返そうにも、王宮にほいほい入れるわけがないし！　そもそもあの人はどうしていつも図書館にいるのよっ……！）

もしかして自分が気づかないだけで、公子はたびたび図書館を利用していたのだろうか。

だがそんな噂、耳にしたことは一度もない。

誰が何の本を借りたか、それは絶対に秘密にしなければならない。図書の自由のひとつである。とはいえ、彼がカウンターにいたら、周囲が黙っていない。噂一つ聞いたことがないのは、若干不自然だ。

（だとしたら、貸出業務をしてたのはもっと上の人なのかも）

「むむ……」

時計を握りしめたままうなり声をあげていると、

「ちょっと、いいかな」

と、初老の男性が事務スペースに入ってきた。

「あっ、館長！」

部屋に入ってきたのはリンデ国立中央図書館の館長だった。この道四十年、たたき上げで館長にまで上り詰めた大ベテランだ。本をこよなく愛する人で、職員から大変に尊敬されている。

「お茶を淹《い》れたから、付き合ってくれないかな」

彼は作業スペースとは別のテーブルに紅茶のカップとポットを置く。

「はい、もちろんです」

モニカは懐中時計を慌ててポケットにねじ込むと、窓際のテーブルに移動した。

「うちのがまた大量にクッキーを焼いてねぇ」

言われて皿を見てみると、お茶と一緒に素朴なクッキーが添えられている。

「奥様のクッキー大好きです」

「みんなそう言ってくれるから、よけい張り切ってしまうんだよ」

館長はのんびりした様子で微笑み、それから丁寧にお茶をカップに注いだ。

館長の清潔に刈り込まれた髭《ひげ》は髪と同じで真っ白で、窓から差し込む太陽の光に照らされて、きらきらと輝いている。おっとりした父と雰囲気が似ているが、館長はさらにその瞳の奥に鋭さがあり、背筋が自然と伸びるのだった。

「あの……館長」

「なんだい？」

「利用者さんのことを話すのはご法度だとわかっていますが……その、もしかして館長は、アルフォンス公子が図書館を利用していることをご存じなんでしょうか？」

館長は小さく笑って、クッキーをゆっくりと咀嚼《そしゃく》したあとうなずいた。

「今はもう使われていない、書庫に繋《つな》がっている鍵をお渡ししているよ。本の貸し出し手続きも、私が裏でこっそりね」

ちょっといたずらっ子のように笑われて、モニカもつられたように笑う。

「あぁ……やっぱりそうなんですね」

騒ぎにならなかったのは、そういうからくりがあったようだ。そして以前、彼が乱暴な大学生から守ってくれたのは、人目を避けていたにもかかわらず、わざわざ図書館員のために表に出てきてくれた、ということでもある。

（親切な人なんだわ……）

別にモニカのためではないとわかっているが、少し胸が弾む。

「鍵はね、彼が子供のころに『いつ来てもいい』と言って渡したものなんだ。今更返せとは言えなくてねぇ。大公になってしまえばもうこんなことはしないだろうから、あと少しの間だけ見逃してあげてくれないかな」

館長は少し困ったように笑って、じっとモニカを見つめる。

「――わかりました」

たとえこの国の公子だとしても特別扱いはどうかと思うが、思慮深い館長が決めたことをどうこう言うつもりはない。そうしなければならない理由があったのだろう。

こくりとうなずくと、彼は「ありがとう」と言って、それから首をかしげた。

「もしかして、彼に会った？」

「はい……つい数時間前に。二度目ですが」

モニカは、先ほどあったことをかいつまんで話す。そしてポケットに入れていた懐中時計をテーブルの上に置いた。

「館長が公子とお知り合いなのであれば、これをお返しいただけませんか？」

館長は金無垢の時計を見て一瞬驚いたように目を見開いたが、ゆっくりと首を左右に振る。

「それは無理、かな」

「えっ、そ、そこをなんとか……！」

「公子がきみに渡したものを、私が返すのは筋違いだよ」

と、取り付く島もない。

「そんなぁ〜……なぜ私が公子のお戯れに付き合わなければならないんですかぁ〜……」

そのまま机に突っ伏したところで、館長はふふふと笑って口を開く。

「リンデの宮殿には、中央図書館にはない本がいっぱいあるよ」

「え？」

突っ伏したまま顔を上げると、にこにこ笑っている館長と目があった。

「それはそれは立派な図書室があってね。市場には出回っていない初版や稀覯本《きこうぼん》が山のように収蔵されている。パートナーの交換条件にすれば、きっと見せてくれるんじゃないかな」

その瞬間、モニカはパッと顔を上げてはっきりと口にしていた。

「やります」

自分で言っておいてびっくりしたが『宮殿内の図書室』と言われて、心が動かない本好きがいるだろうか。リンデ公国は何百年も前から、文化と芸術を愛する国だ。詩を読み、歌を歌い、楽器をたしなみ、愛する自由を何よりも貴んだ。そんな歴代の大公の書庫となれば、きっとお宝が山のように眠っているに違いない。王族相手に交渉など微塵も考えていなかったが、確かに断れないなら、いっそ図々しくなったほうが得策だ。

（大公一族の私設図書館かぁ……見たことがない本に出会えるかも？）

現金なもので、官庁の一言で、あれほど憂鬱だったアルフォンスの誘いが、少しだけ楽しみになっていたのだった。


「ただいまぁ……」

妙に緊張した様子で帰宅してきたモニカの様子が、いつもと違ったせいだろうか。

両親は「仕事でなにか失敗したの？」と尋ねてきたが、さすがに『公子に舞踏会に誘われた』とは言えなかった。

「ううん、なんともないわよ。ちょっと疲れただけ」

もしかしたらアルフォンスの気が変わるかもしれない。そうなったら両親をよけい混乱させるだけなので、とりあえず黙っておいたほうがいいだろう。

早めにベッドにもぐりこんで、アルフォンスから渡された懐中時計を毛布の中で見つめる。

（明後日、って言ってたわよね。まずドレスを用意しないと……）

両親には知人に誘われた、とでも言っておくべきだろうか。だが生涯独身宣言をしたはずの娘が、急に宮殿で行われる舞踏会に行くと聞けば、両親は『期待』する気がする。

(うう……それもな～……)

しばらくあれこれと考えたが、いい案が思い浮かばなかった。こういう時は寝るに限る。

(よし、とりあえず明日、考えよう!)

モニカは子供のように体を丸めて目を閉じたのだった。


翌朝。とりあえずドレスでも見に行こうかと身支度を調えていたところで、

「モモモモ、モニカちょっと……!」

と母親が慌てた様子で部屋に飛び込んできた。

「どうしたの?」

鏡の前でデイドレスの胸元のリボンを結びながら問いかけると、

「あなたに、宮殿から公子の使者がいらっしゃったわ……!」

と、震えながら声を絞り出した。

「えっ」

慌てて応接室に向かうと、身なりのいい男性がにこやかに直立不動で立っている。

「お待たせしました、モニカでございます……!」

緊張しつつスカートの裾をつまんだところで、

「モニカ・フォン・シュバリエ子爵令嬢でございますね。アルフォンス・アンゼルム・コルヴ

イヌス・フォン・リンデ公子より、明日の舞踏会の招待状でございます」

流れるような仕草とともに恭しく差し出された白い封筒には、アルフォンスの紋章が封蝋《ふうろう》されており、ずっしりと重かった。

「あ……ありがとうございます……」

両手で受け取ると同時に、使者が肩越しに後ろを振り返る。若い男性が大きな箱を何段にも重ねて抱えて立っており、使者の目くばせでそれをテーブルの上にそうっと載せた。

「こちらはお仕度の品々でございます。どうぞお受け取りくださいませ」

「は……はい……」

こくりとうなずくと使者たちはにこやかに挨拶をして、さっさと応接室を出ていく。慌てたように両親が見送りのために彼らを追いかけ、やや経って戻ってきた。

ふたりとも汗がだくだくで明らかに顔色がおかしい。それはそうだろう。自分が両親の立場ならやっぱり訳が分からないし、混乱するに決まっている。

「モニカ……いったいなにが起こっているんだ？」

「えっと……」

モニカは招待状を手の中でくるくる回しながら、ぽつぽつと説明した。

両親はモニカの話を聞いて、そういうことかと緊張した表情をゆるめる。

「――なるほど。たまたま図書館で公子とお話しする機会があって、妹姫様たちが我がシュバリエ領の栗をたいそうお気に入りで、そのお礼をしたいと言われたと……」

「そ、そうなのよ～……。私がシュバリエと聞いて、ぴんと来たみたいで。舞踏会のこともその時に言われたんだけど、冗談だと思ってっ……！」

さすがに女性関係のもめごとにたまたま遭遇したとはいえず、ふんわりと誤魔化してしまったが、まぁだいたいのところは合っているはずだ。

「栗のお礼に公子が直々に舞踏会にご招待くださったということか……そうかぁ～。まさかうちの栗を、そんなに気に入ってくださっていたとはなぁ～！」

「献上品なんて毎日山のように届くでしょうに、なんて光栄なことかしら！」

両親は、天にも昇らんばかりに大喜びだ。

「これは末代まで語り継がれる我が家の逸話になるぞ！」

しみじみする父の横で、母がハッとする。

「待って、この箱は？」

「お仕度って言ってたけど……開けてみるわ」

モニカはこくりとうなずいて、一抱えはありそうな箱にかかっている長いリボンをほどき、ふたを外す。

親子三人で、なんだなんだと覗き込み、全員が凍り付いたように息を止めたのだった。

薄闇の中、かがり火で照らされたリンデ大公の宮殿は、まるで幻想のように美しく神秘的だった。

「わぁ……」

「これ、モニカ。ぽかんとしないのよ」

「は、はいっ」

母に言われて慌てて口元を扇で隠す。

（いやでも、本当に素晴らしすぎるのよ……！）

舞踏会は宮殿の大広間で行われる。管弦楽の音色が響く中、人々が笑いさざめきながら挨拶を交わしていた。モニカは結い上げたうなじのあたりに人々の視線を感じつつも、周囲をゆっくりと見回す。

（あぁ～……眼鏡をかけてよく見たいわ）

とりあえず外しておきなさいと言われて、眼鏡はハンカチに包み、ポケットに忍ばせているが、もどかしくてたまらない。

ちなみに今日、モニカが身にまとっているオフショルダーのたまご色のドレスは、アルフォンスから送られてきたものである。

オーガンジーとレースがあざやかなイエローのグラデーションを作り、身頃やドレスの裾にはコード刺繍が施されている。目立ったアクセサリーはつけず、たっぷりのレースがあしらわれた黒のリボンをチョーカーとして首に巻き、耳には控えめに真珠のイヤリングを付けた。

コルセットで体を縛り付けるようなことはしていない、ゆったりとしたシルエットの美しくも斬新なデザインだ。

「ねぇ、あの方のドレス素敵ねぇ……」

「どちらのお嬢様かしら」

「ご両親と一緒にいらっしゃるみたいよ。でも見たことがないわ」

女性たちがひそひそとモニカを見てささやきあうが、モニカは目の前の絢爛豪華《けんらんごうか》な世界にそれどころではない。

(うわああああぁ~……！　本で読んだ世界そのままだわ！)

結婚相手を探す必要がないからと、社交界から距離を取っていたモニカだが、こうやってリンデの歴史そのものをまざまざと見せつけられると、やはり胸が弾んでしまう。

そわそわしながら、天井から床まで吊り下げられた滝のようなスワロフスキーのシャンデリアの周りをまわったり、たくさんの花が浮かんだ中庭の噴水を眺めていると、突然フロアに拍手の音が響き渡る。

音のしたほうを振り返ると、豪奢《ごうしゃ》な正装に身を包んだアルフォンス公子と、ピンクとブルーのドレスを着た姫君たちが、姿を現したところだった。

「愛するリンデの皆様、ようこそお越しくださいました。今日は私の帰国後初の舞踏会になります。しきたりなど気にせず、楽しい夜をお過ごしください」

麗しいアルフォンスの発言に、またさらに拍手が大きくなる。

噴水に座り込んでいたモニカも立ち上がり、夢見心地の中、両親と一緒に力いっぱい拍手を送った。

「妹姫様に、ご挨拶できるかな？」

父がウキウキした様子で、美しい兄妹たちを見ようと、何度も背伸びをする。

「どうかしら。ご挨拶できるようであれば、ぜひお話させていただきたいけれど」

母も浮ついた様子の夫の背中に優しく手を当てながら、やはりウキウキしていた。

（パパとママはは先祖代々受け継いできたシュバリエ領を、誇りに思っているものね）

あっという間に人々に囲まれてしまった公子たちを遠目に見ていると――。

突如、彼を囲んでいた人の輪がパカッと割れて、左右に姫君を連れたアルフォンスがこちらに向かってくる。

燕《つばめ》の尾のように長いテールコートになめらかな光沢を放つピケベスト。白い蝶《ちょう》ネクタイは彼の首元を鮮やかに飾り、恐ろしく長い足は漆黒のズボンに包まれている。

正装したアルフォンスはまさに光り輝くような様子だ。美しい妹姫たちが一緒なので、絵画の神々の絵姿のようである。

「……ん？」

両親はきょろきょろと周囲を見回し、すぐに誰かがいるのだろうと壁際に下がる。

だがアルフォンスたちはそのまままっすぐにこちらに向かって歩いてきて、

「来てくれてありがとう、シュバリエ卿《きょう》」

そして左右の姫君たちの顔を交互に見ながら、

「この方が、お前たちの大好きな栗を毎年送ってくださるシュバリエ子爵だよ」

と微笑んだのだった。

「まぁ、お兄さまそうなのね！」

「嬉しいわ、お会いしたかったの！」

姫君たちはパッと顔を輝かせると、優雅にドレスの裾をつまんでかわいらしく会釈する。

それを見た両親も、そしてモニカも慌てて貴族らしい挨拶を返したが、それで終わるわけでもなく、姫君たちはきゃっきゃとはしゃぎながら、距離を詰めてきた。

「シュバリエ卿、初めまして」

「いつもおいしい栗をありがとう」

「毎年一番の楽しみにしているのよ」

「今年も今から待ち遠しいわ」

姫君たちはまったく同じ顔でユニゾンのように声を重ねながら、シュバリエの栗がいかにおいしいかを熱烈に語り、

「今年はお話に聞いた、焼き栗というのに挑戦したいわ。ね、お兄さま」

とアルフォンスを見上げる。

「ああ。その時はモニカ嬢を宮殿に呼んで、ご教授願おうか」

兄の言葉に妹姫たちは「きゃあ！」と喜びの声を上げ、それからモニカに向かって、

「約束よ！」

と微笑みかけてくる。

（ま……まぶしい！）

両親もモニカも「ハイ」と「アリガトウゴザイマス」しか言えていない。完全に陽の光にあてられて、このまま砂になりそうである。

普段図書館にこもって本ばかり読んでいるので、どうにも刺激が強すぎる。

とりあえず誤魔化すようにえへへと笑っていると、

「さて、モニカ。僕と最初の一曲を踊っていただけますか？」

アルフォンスは麗しい微笑みを浮かべながら、優雅に手を差し伸べてきた。

「えっ、あっ」

舞踏会に呼ばれた意味を思い出してハッとする。

この場にいる貴族たちはほぼ全員、アルフォンスが最初に誰にダンスを申し込むか、固唾をのんで見守っているはずだ。

妹姫たちと同じ年で、少し若すぎるが身分が釣り合う公爵令嬢か、年齢的にも釣り合う侯爵の長女か、それとも世界的財閥である鉄道会社経営者の孫娘か。

あくまでも公子の私的な舞踏会という場であるが、私的であるからこそ、公子が選ぶ女性が注目されていたのだ。

「彼女はどこの令嬢だ？」

フロアの中央に滑り出した公子と令嬢の姿に、周囲がざわめく。

「シュバリエ子爵令嬢らしい」

「そういえばシュバリエ家の美人四姉妹の話を、聞いたことがあるわ」

「だが四女は変わり者で、社交シーズンには一度だって姿を見せなかったはず」

貴族たちはざわめきながら、事の成り行きを固唾を呑んで見守っている。

「モニカッ……」

母が小さい声で名前を呼ぶ。当たり前だが、彼の手を取らないわけにはいかない。

「よっ……喜んでぇ～……」

モニカは頬を引きつらせながら、差し出された手に己の指を乗せた。アルフォンスはにこっと笑ってモニカの手を取りフロアの中央に歩き始める。

「やっぱりダンスなんて、無理ですっ……」

モニカはうつむいたまま声を絞り出すが、アルフォンスは笑って目を細める。

「きみのご両親は快く送り出してくれたじゃないか」

「栗のお礼だと思ってるんですよ……！」

「理由なんてどうでもいいことだよ」

アルフォンスは大きな手のひらでモニカの華奢《きゃしゃ》な背中を抱き寄せ、甘い顔でささやいた。

「緊張するなら僕だけ見ていたらいい。どうせ周りは見えないんだろ？」

「それは、そうですけど」

自分を見ろ、なんて相当な自信がないと言えないセリフだが、おかしいとは思わなかった。

眼鏡を外しているから、モニカの目にはっきりと映るのは目の前のアルフォンスだけだ。

美しい管弦楽が奏でるワルツのリズムに身をゆだねながら、アルフォンスはじっとモニカを見下ろしている。シャンデリアの明かりに彼のすみれ色の瞳がきらめき、星のように輝いて、眩暈がするほど美しかった。

（なんてきれいなの……）

アルフォンスに見つめられているだけで、体温が上がっていくのがわかる。

彼に恋をしているわけでもないのに、心臓がドキドキと鼓動を刻む。

（魔性……！　この人は魔性の男だわ！）

傾国の美女は物語の鉄板だが、彼は男性にしてその魅力をいかんなく発揮しているようだ。

本当にファーストダンスの相手が自分でいいのだろうか。

物語の主人公にでもなったような気がして、居心地が悪い。

(私は脇役……主役じゃないのに……)

何度も自分に言い聞かせながら、モニカは唇を引き結んだ。

静かに、ゆったりとしたテンポで始まった音楽は大広間に美しく反響し、アルフォンスの完璧なエスコートのおかげで、ワルツくらいならおそらく最低限形にはなっているようだ。恐ろしく体が軽い。

「きみのことを教えてくれ」

優雅にステップを踏みながらアルフォンスが尋ねる。

百回目の『変な期待はするな!』を心で唱えながら、慎重に口を開いた。

「モニカ・フォン・シュバリエ。二十二歳です」

「いつから図書館で働いているんだ?」

「大学を二十歳で卒業して、それからなので二年です」

「飛び級? 優秀なんだな」

「恐れ入ります。妹姫様たちのご生誕記念の奨学金制度のおかげで、大学に通うことができました」

今から十五年前、リンデ大公は女性のための奨学金制度を立ち上げた。

学びたい意欲は平等であり、男女の差はあってならないと、金銭的に難しい女性のために学費を免除し、目玉が飛び出るほど高い教科書などの購入費の補助をしてくれる、画期的な奨学金制度である。

「私の学費がかからなかったので、三女の結婚費用に充てられました」

「きみは四女？」

「はい。四姉妹なんです」

「うちの倍だ。さぞかし姦《かしま》しいだろうな」

アルフォンスの軽口に、モニカはふふっと笑って、「ええ、とっても」とうなずいた。

その顔を見て、アルフォンスは少し眩《まぶ》しいものを見たかのように、目を細める。

「ドレス、よく似合っている」

アルフォンスがふわりと、にじむような微笑みを浮かべる。

「うっ……そうでした。まずお礼を言わねばでした」

モニカは反省しつつ、アルフォンスを見上げた。

「両親は昨日ドレスを見て、ひっくり返ってしまいました。もちろん私も。素敵なドレスやアクセサリーをありがとうございます」

彼は招待状と一緒にドレスとリボンチョーカー、そして靴から絹の靴下まで、すべて用意して送ってくれたのである。ドレスはまだしも靴のサイズはどこで調べたのかと思ったが、送ってきた先がモニカもよく利用していた店だったので、そこで用意させたのだろう。

「君の優しい栗色の髪にはこの色のドレスが似合うし、ほっそりした首に黒のチョーカーを付けたら素敵だと思った。我ながらいい判断だったな」

アルフォンスはそんなことを言いながら、軽くため息をつく。

「でも強引だったのは自分でもわかっている。すまなかった」

「――いえ」

モニカは少し笑って首を振った。

確かに強引だし一方的だとは思ったが、きっとなにか事情があるのだろう。

最初のダンスの相手に、モニカを選ばざるを得ない、政治的ななにか――が。

「私なら大丈夫ですよ。十二歳の時に生涯独身宣言をして、それから十年、相変わらず結婚する気もありませんし、仕事も死ぬまで続けるし、将来の夢は女性初の図書館長です」

「――」

モニカの言いたいことが伝わったのか、アルフォンスはホッとしたようにうなずく。

「気遣いに感謝する」

「ただ、その代わりと言っては何ですが、宮殿内にあるという図書室を見せていただきたくって……ちらっとでもいいんですけど」

さすがに図々しいかと思ったが、メロディの合間にアルフォンスの耳元でささやく。

彼は目をぱちくりした後、

「そんなに本が好き？」

と首をかしげた。

「ええ。とっても。なので今の仕事は天職です」

にっこりとうなずくと、アルフォンスもつられたように笑みを浮かべる。

「いいよ。あとで案内させよう」

「本当ですか⁉　ありがとうございます！」

ぱーっと笑顔になるモニカを見て、アルフォンスはまたまぶしそうに目を細めた。たぶん今、自分は多くの人の目に晒《さら》されているのだろう。だが眼鏡をかけていないので、気づかないふりはできる。

（ここは王宮のダンスフロアだけれど、公子の腕の中でもある。だから他人を気にしなければ、大したことじゃないわ）

アルフォンスとの奇跡的な関わりも、今日で最後なのだから。今は純粋に、公子とのダンスを楽しめばいい。

ワルツを終えた後、アルフォンスは「今日はありがとう」と言い、そのままモニカに背を向けてスタスタと歩いて行った。

それからしばらくして、年配の侍従らしき男性が「図書室にご案内いたします」と声をかけてきた。さっそく約束を守ってくれるようだ。

両親に伝言を頼み、大広間を離れて中庭を突っ切り離宮へと移動する。しんと静まり返った離宮は、かがり火の明かりがゆらゆら揺れながら、ただ静かにたたずんでいた。

侍従が古めかしいチョコレート色のドアを開ける。

「舞踏会が行われている間は、ここで自由にお過ごしいただけます」

「ありがとうございます」

舞踏会は最低でも数時間は行われるはずだ。正直どれだけ時間があっても足らないのだが、それでも十分ありがたい。

ランプを渡されたモニカは、それを掲げながら一歩足を踏み入れる。

古い紙の匂いと、インクの匂いがする空間は、いかにも図書館のそれだ。

(噂通り、電気は通してないみたい)

その昔、漏電して火事になったことがあり、それから宮殿内の図書室では電気が禁止になったのだとか。

ランプを頭の上まで持ち上げながら、ゆっくりと書架の間を見て回る。

「わぁ……」

壁一面の本は、圧倒的だった。中央図書館とはまるで違う背表紙を眺めているだけで、自分でも興奮しているのがわかる。

ワクワクしながらタイトルを目線で追っていると、信じられないものを発見した。

「あっ……うそ‼　これはたった一週間で発禁になった『エイヴァ』の初版本！　すごい、こんな小説も置いてあるんだ！」

モニカは本を抜き出すと、本を胸に抱いて近くのテーブルに移動する。ランプをテーブルの上に置き、ポケットから眼鏡を取り出して、いそいそとかけた。

「なんて美しいの……」

思わずため息が漏れる。

表紙には黄色と黒の二色刷りで、デフォルメされた女性がエロティックな曲線で描かれおり、煽情的《せんじょう》だ。そうっと表紙を開くと鼻先にふわりとカビっぽい匂いがして、また胸がきゅんときめく。

『エイヴァ』は若い娘の頃から放蕩《ほうとう》を繰り返し、身分違いの恋に苦しみながら、最終的にのたれ死ぬ女の一生を描いた小説である。こんな人生はいやだと思いつつも最後まで目が離せない、不思議な魅力がある本だ。

（十六で読んだときは、大人になったような気がしたわ）

モニカはふふっと笑いながらページをめくる。

主人公であるエイヴァが婚約者がありながら、仮面舞踏会で謎の男と情を交わすシーンの挿絵部分で手が止まる。

柱の陰で絡み合う男女の挿絵は、たしかに生々しい。デフォルメされているが、ドレスの裾がたくしあげられ、女性の秘部に男性の性器が差し込まれているのがしっかりと描かれている。

「あら……あらあら」

これは初版ならではの挿絵だ。思わず頬が熱くなってしまったが、一生見ることができないであろう挿絵が見られたのは僥倖《ぎょうこう》だった。

ふふっと笑いつつすべての挿絵を確認し、本を閉じる。

「やっぱりすごいわ、王宮の図書室って！」

それから目についた珍しい本をテーブルの上に並べ、堪能していたが、遠くから聞こえてくる管弦楽の音色に、いつの間にかアルフォンスのことを思い浮かべる。

今頃、彼の前には身分にふさわしい令嬢たちが順番に送り出されていて、アルフォンスはどれだけつまらないと思ってもそんな顔なんてできないまま、にこにこと微笑みダンスを続けているのだろう。

（公子は美しくて聡明《そうめい》で……なんでも持っているけれど……。でも、自分が思うように生きられるかっていうと、それは別の話よね）

少々の女遊びくらい、大目に見てもいいのかもしれないなんて思ってしまうくらいに、モニカは彼に同情していた。

「――」

テーブル上のランプの明かりが、ゆらりと揺れる。ドアは閉まっているのにおかしいなと顔を上げた次の瞬間、大きな影が目の前に迫っていて、思わず「ひっ！」と声を上げていた。

「静かに。僕だよ」

影はテーブルの上のランプを持ち上げて、自分の顔の横に掲げる。

「あっ……公子？」

そう、怪しい影の正体はアルフォンス公子だった。

彼は軽くため息をつくと、ランプをテーブルの上に置き、そのままモニカの前に腰を下ろす。

「舞踏会はいいんですか？」

「二十人連続で踊って疲れたから休憩」

「二十人……」

聞いただけで背筋がゾッとする。

「お疲れ様です」

モニカがペコッと頭を下げると、彼は「それが僕の仕事だから」とさらりと答える。

「きみはあれからずっと本を読んでたんだ？」

「はい。一分一秒が惜しいですから」

「本の虫だな」

アルフォンスはくすっと笑って、そしてテーブルの上に山積みになっていた本を適当に一冊とって、ぺらぺらとめくる。

「っ……」

だが突然、動揺したように手が止まった。

いったいどうしたのだろうと彼の手元を覗き込むと、絡み合う男女の挿絵が見える。

「……『エイヴァ』の貴重な初版本まで所有しているなんて、さすが王宮ですね。好事家の間では、とんでもない値段になっているんですよ」

なんとなく空気を変えたくてそんなことをつぶやいたが、彼は相変わらず顔をこわばらせている。

「公子……？」

いったいどうしたのだろうかと彼の顔と本を見比べて――ふと思い至った。

「もしかして公子って、そういうの、苦手なんですか？」

「そういうの？」

アルフォンスが片方だけ眉を吊《つ》り上げる。

「たとえばその……女性が」

モニカの口からつるりとまろび出たその言葉は、本当は許される発言ではなかったはずだ。

だがふたりきりの図書館という場所と、ダンスを踊ったという気安さが、モニカの口を軽くしてしまった。

しまった、と我に返るのと、目の前のアルフォンスが、すうっと息を吸い込む音が妙に大きく聞こえたのはほぼ同時だった。

彼は無言で目線だけ持ち上げて、形のいい唇の端を少しだけ持ち上げるようにして笑う。

「困ったな」

と――。

彼は丁寧に本の表紙を閉じて、小さくうなずく。

「苦手というか……まぁ、嫌いなんだろう」

『嫌いなんだろう』と言い切った瞬間、彼のすみれ色の瞳が少しだけ熱を帯びた。

本心だ。この美しい公子は女性が嫌いで、どこか憎しみのようなものを抱いている。

なぜ？　と気になったが、さすがにそこまでは踏み込めないような気がして唇を引き結ぶ。

そして「なるほど」とだけ言ってうなずいた。

なんとなくではあるが、彼のこれまでの振舞いが一本繋がったような感覚を覚えたのだ。

その感覚を整理しようと、モニカは考えながら口を開く。

「えっと……女性が嫌いだから女癖が悪いような振舞いをして、わざと本命を作ってこなかったのでしょうか」

モニカを最初のダンスのパートナーに選んだのも、その流れなのかもしれない。

誰も選びたくないから、自分に期待しないモニカを選んだ。

両親も、アルフォンスがモニカをパートナーに選んだのはシュバリエ家の栗に対して感謝の意味があるとしか思っていなかったし、今後なにかしらもめることもない。そもそも妹姫たちを連れてきたことからして、自然な流れだ。

（あ〜、なるほどなるほど。とりあえず彼の思い通りにことは進んだってわけね）

アルフォンスが頬杖《ほおづえ》をついて苦虫をかみつぶしたような表情になり、どこか投げやりに口を開く。

「……そうだ。遊んでいるふりをしていれば、婚約者を持たなくて済むし、結婚も先延ばしできるだろう？」

リンデ公国は小国がゆえに大公家が身近で、国民の尊敬を一心に集めている。

アルフォンスは大公家唯一の男子で跡取りなので、幼いころから婚約者が定められてもおかしくないのだが、二十五歳の今までそんな話は一度も表には出なかった。本人が『今は遊んでます』という態度をとることによって周囲をけん制していた、ということになる。

「留学していたのもそのためですか？」

「まぁね。国内にいたら早々に決められていただろうな」

そしてアルフォンスはとん、とん、と本の表紙を指で叩きながら、自嘲するように笑った。

「女は嫌いだ。ゾッとする」

「なるほど……」

人の嫌悪というものは他人がコントロールできるものではない。

ふぅんとうなずくと、彼はふっと我に返ったようにこちらを見つめた。

「悪いね。きみも女性なのに」

「いえ。全然気にならないので」

「……そう、なのか？」

はっきりと口にするモニカを見て、アルフォンスは驚いたように目を見開いた。

「だって、私個人を嫌っておられるわけではないですよね」

「――まぁね」

アルフォンスは肩をすくめてうなずく。

「なにかしら理由があるんでしょうし、お立場上、自由にふるまえない公子のことを、訳知り顔に批判する気にはなれません。まぁ、少々お遊びが過ぎるのでは、とは思っていましたけど」

ただの性差で『好き』だとか『嫌い』だとか言っているのとは違う気がする。

するとアルフォンスはちょっとだけ笑って、

「だから僕はそういう意味では、女性の身体に指一本触れたことがない」

とささやいた。

「えっ」

アルフォンスは頬杖を外し、そのまま背中をのけぞらせるようにして天井を見上げた。

「えっ、じゃない」

「どの女性も、お茶をしたり観劇をしたり、舞踏会で踊ったり……くらいだよ」

それは衝撃発言だったが、同時にすべてが腑《ふ》に落ちた。

「……だから噂になる一方で、具体的な話などは出なかったのですねぇ」

女遊びが派手だという割には、噂は表面的なものばかりだったのもうなずける。

なるほどなぁと思っていたところで、アルフォンスが口にしたのだ。

「いっそのこと、きみで卒業するのもありかもね」

と――。

第三章　秘密の契約

きみで童貞を卒業する。それはどう考えてもふざけた提案だった。

いざとなったら暴れてでも逃げようとこぶしを握ったモニカを見て、アルフォンスは肩をすくめた。

「とりあえず平和的に対話を試みたいんだが」

「同意見です、公子」

「では、歩きながら話そうか」

アルフォンスが椅子から立ち上がる。指摘しなくていいことを口にした自覚はあるので、そのまま流してしまおうと思ったのだが、彼にそのつもりはないようだ。

「かしこまりました」

モニカはうなずき、ランプを手にしつつ、彼の隣に並び広い図書室を散歩することにした。

ふたりの足音とランプの明かりだけが静かな空気を揺らしている。

モニカは無言で、背の高いアルフォンスの美しい横顔を見上げた。

今まで噂で知る彼は、いつも女性に取り囲まれているくせに、どこか他人を拒絶している空気があった。

(図書館でもひとりだったし)

普段の振舞いからは想像できないことだが、女嫌いというよりも、人が嫌いなのかもしれない。なんにしろ特に親しいわけでもない自分が、彼の領分に踏み込むのはやめておいたほうがいいだろう。

「父は今静養中だが、年も年だし、この数年で僕が大公位を継ぐことへの現実味が帯びてきた。結婚したくないいなんて、いつまでも言っていられないんだ。わかるだろ?」

「お立場、お察しします」

「だから、お前で女性の体に慣れる練習をしようかと思ってね」

「まぁ……ホホホ」

なにを言っているのだ、この人は――。

モニカは扇子で口元を隠しつつ軽やかに声をあげたのだが、アルフォンスは至極真面目な顔でこちらを見つめてきた。

リンデ直系男子のみに現れるという、不思議なすみれ色の瞳がキラキラと輝いている。

「冗談ですよね?」

首をかしげると、

「まさか」

彼は皮肉っぽく肩をすくめて、くっきりとした二重まぶたの瞳を細めた。

「僕は本気だよ、モニカ。きみで女を知りたい」

図書室内の明かりの下で、彼の目が不思議な色味を帯び、しっとりと輝いている。

「でしたらプロの女性を選ぶのがよろしいかと。私ではとても公子を満足させることはできません」

声は震えていたけれど、極力冷静に発言したつもりだった。

だがそれを聞いたアルフォンスは、いいやと首を振る。

「それは二十歳の誕生日に試したよ。跡継ぎを残すことが僕の仕事でもあるわけだし、さすがに女性が抱けないでは困ると思って」

昔を思い出したのか、少し遠い目をして大きなため息をつく。

「帝国のやんごとなき人たちを相手にする高級娼婦《しょうふ》だ。彼女たちはとても口が堅く、仕事に忠実で、僕のためにあれやこれやと手練手管を駆使してくれた。だが、ダメだった。挿入どころかまったく勃起せず、性器に触れられたところで、我慢しきれずに嘔吐《おうと》してしまった」

「そ……それは……」

公子の麗しい唇から挿入とか勃起とか性器とか、ぽろぽろと出てきて混乱するが、嘔吐したと聞けば、その苦しみを想像して息が詰まりそうになる。

だがアルフォンスはいたって真面目に、顔色一つ変えず言葉を続ける。

「それから五年、帝国にいる間はありとあらゆるプロに頼んだが、無理だった。それでいったんは諦めた」

「なぜ私なら大丈夫だと？」

「きみは僕に恋をしていないし、期待もしていないし、そもそも大公妃になりたいと思っていないだろう」

モニカがアルフォンスよりも本が好きだとわかったから、ということなのだろうか。

事実そうなのだが、素直に『そうですね』とは言えないひっかかりを感じた。

「でも……私も一応女ですよ」

モニカは確かに小柄ではあるが、胸は母譲りでかなり大きめだし、全体的にむちむちふわふわしている。体は普通に女なのだ。

「わかってる。もしかしたらだめかもしれない。でも一度試させてほしい」

プロでダメだったから次は素人で、ということなのだろうか。

言われていることはめちゃくちゃだし失礼極まりないのに、このまま話していたら、彼の言うことを聞かされそうな気がする。

モニカはどう答えていいかわからず、そのまま視線を書架に向けたのだが――。

「あっ！」

一冊の本の背表紙を見たモニカは、すぐにランプを足元に置いて本を引き抜く。

それは大学の教材にも使われるほどの名著なのだが、内容が過激なため一部が削除されていると噂の『戦争』と『宗教』の観点から経済を学ぶ歴史書の原本だった。

「すごい！　写し以外の本を初めて見た！　噂じゃ初版は百冊、現存する原本は十冊前後だって……！　わあああ……！」

シリアスな空気をぶち壊し、狂ったように喜び始めるモニカを見て、

「本当にきみは本が好きなんだなぁ」

苦笑したアルフォンスはモニカの背後の書架に手をつく。

「そうだ……。僕の相手をしてくれたら、きみを王宮図書館の専属管理司書に指名してあげる。死ぬまで宮殿内の図書室に出入り自由で、どんな本も読み放題だ」

と、背後から、耳元で囁《ささや》いたのである。

「専属管理司書ですかっ……!?」

これ以上ない甘い誘惑に肩越しに振り返った。

我ながら私利私欲で行動しているが許してほしい。本好きにとって、どうやったって今は読めない本に触れあえるというのは、これ以上のない喜びなのだ。

「ああ。どうかな?」

「――」

ほんの数秒、はしゃいでしまったけれど。だが、そんな気持ちは静かにこちらを見つめるアルフォンスに打ち砕かれてしまった。

アルフォンスはものすごいことを提案していながら、どこか迷子の男の子のような顔をしていて、

「……ダメ？」

黙り込んだままのモニカに、甘く麗しい声でささやく。

赤みがかったすみれ色の瞳が、キラキラと輝きながら、モニカを見据える。

リンデ大公直系の男たちの目は『ロイヤル・ヴァイオレット』と呼ばれるすみれ色の瞳を持つという。非常に貴重で美しい色だ。彼に見つめられたいと思っている乙女は、星の数ほどいるだろうに。なぜ彼は、私にそんなことを言うのだろう。

（待ってモニカ。冷静に考えて……。図書館への出入り自由は最高にすばらしいけれど、その代わりにアルフォンス様と、そういうことをする……？　本当に、いいの？）

頭の中で、常識と理性と倫理観と好奇心が輪になって喧嘩《けんか》を始める。

（どうしよう……どうしよう……）

将来結婚する身であるのなら、これはある意味裏切り行為だ。

だがモニカは違う。婚約者もいないし結婚の予定もない。モニカの将来の夢は女性初の図書館長で、結婚していては絶対に叶《かな》えられない夢だ。自分の夢を犠牲にしてまで結婚する気はな

いのである。

そのくせ、モニカ自身男性と体を重ねることに、若干……いや、結構な興味があった。

十二歳で生涯独身宣言をしたが、モニカが愛する物語にはたくさんの恋があって、愛があった。現実の男に恋をしたことはないが、自分がこの小説のヒロインだったら、と夢想したことは何度もある。

そんなに素晴らしいのなら、自分でも体験してみたいとすら思っていたが、結婚する気のない自分が恋愛をしたところで、あまりいい結果になるとは思えない。下手をしたら醜聞を立てられて、家族に悪影響があるかもしれない。

（けれど、相手がアルフォンス様なら、ごっこ遊びで終われるわけで……）

ある意味もっとも身元がしっかりしていて、なおかつ絶対に後腐れのない相手ともいえる。

モニカは何度か深呼吸して、それから決心して、彼を見上げた。

アルフォンスとのお遊びは一度きり。彼が童貞を卒業すれば終わりだ。女性を抱けることがわかれば、二度と会うことはないし、そもそも最初からだめかもしれない。

「――じゃあ一度、試してみましょうか」

絞り出した声は震えていた。

当たり前だ。緊張しないわけがない。だが言った瞬間、妙な高揚感が体を包み込んだ。

やってしまったというような、わくわくするような、不思議な感覚。

それがアルフォンスにも伝わったのだろう。

彼はふっと笑って、

「ありがとう。協力に感謝するよ」

書架に手をつき、そのまま覆いかぶさるようにモニカにそうっと口づける。

唇が重なった瞬間、全身に痺《しび》れるような淡い快感が広がった。

お互い目は開いていて、なんだか妙に恥ずかしい。

「目は、閉じたほうがいいんじゃないかな」

アルフォンスが小さな声でささやく。

「そうですよね……つい」

モニカは慌てて目を伏せつつ、丸眼鏡を外した。

「もう一回しよう」

すると彼の手がモニカの頬を包み込み、もう一度唇を吸われる。

ちゅっ、ちゅっとかわいらしいキスの音がして、体がふわふわと高揚感に包まれた。

なんだか自分が特別な存在になったような気がして、顔が熱くなる。

（これが……キス……！）

物語のヒロインたちが口づけに身を焦がすのも当然だと、体験してみて分かった。

キスというものが、信じられないくらい気持ちがいいということに。

アルフォンスも同じことを思ったのだろう。次第に口づけは熱を帯び、深くなっていく。

「モニカ……口、開いて」

アルフォンスがかすれた声でささやく。言われた通り唇を開くと、するり、と舌が滑り込んできた。アルフォンスの舌は熱く、のどの奥で縮こまっているモニカの舌に触れて、くすぐるようにうごめく。口蓋をなめ上げ、歯列をなぞり唾液をすすり、流し込んでくる。

アルフォンスは蜂蜜の味がした。きっとのどを潤すために蜂蜜酒《ミード》を飲んだのだろう。濃厚な甘さとハーブの香りが口内に広がり、自分が飲んだわけでもないのに酔ってしまいそうだ。

「モニカ……」

むさぼるように唇を重ねて、離れてはまた唇を吸う。お互い呼吸を忘れているのか、足元に置いたランプに照らされたアルフォンスの顔は耳まで真っ赤に染まっていたし、たぶん自分も同じような顔をしているはずだ。なんだかとてもいけないことをしている気がして、モニカはアルフォンスの胸を押し返していた。

「ま、まってっ……」

「いやだった？」

かすかに息を乱しながらアルフォンスが問いかける。

「や、いやとかじゃなくて……」

モニカはぱちりと目を開けると、深呼吸してアルフォンスをおそるおそる見上げる。

「これ、すごくドキドキしません？」

「――する、かも」

「ですよね⁉」

モニカはすうはあと何度も深呼吸をした後、ふとアルフォンスを見上げる。

「えっと……吐き気とか大丈夫ですか？」

するとアルフォンスは軽く口元を指で押さえながら、首をかしげた。

「今のところ大丈夫みたいだ。きみがたくさん喋ってくれるからかな。僕個人として見られているから、大丈夫な気がする」

ぽつりとつぶやいたアルフォンスの発言に、モニカは首を振った。

「あなたは魅力的すぎるんですよ。公子だから、というわけではありません」

するとアルフォンスは少し困ったように眉根を寄せる。

「そうかな」

「そうです」

きっぱりはっきりうなずいたが、彼はいまいち信じ切れていないようで、あいまいな微笑みを浮かべるだけだった。

彼はこんなに魅力的なのに、次期大公だから女性が近づいてくると思っている。

事実、身分は彼を構成する要素の中で、最も大きな部分を占めることではあるけれど、逆にアルフォンスが爵位を持たない、ただの図書館職員だったとしたら、きっと今の百倍女性に追いかけ回されていたはずだ。

（次期大公だから、かろうじて女性は遠くから見るだけで我慢しているのよね……）

だがいくらモニカが説明したところで、生まれて二十五年間、ずっと公子だった彼にわかってもらうのは、難しいのかもしれない。

「あの、私からあなたに触れても？」

なんとなく空気を変えたくて、モニカはアルフォンスに尋ねる。

「ん、ああ……」

「では失礼します」

こくりとうなずいたアルフォンスの胸、心臓のあたりにモニカは手のひらを乗せた。彼は一見すると優美な美男子だが、ちゃんと大人の男性だ。胸板は分厚く筋肉に包まれている。

「服の上からではわからないだろう」

アルフォンスは白の蝶ネクタイを外しポケットにねじ込むと、ピケベストのボタンを外した。そして燕の尾のように長いテールコートを床に脱ぎ捨てる。光沢のあるウイングカラーシャツ一枚になった彼は、それからじっと己の胸に手を置いているモニカを見下ろした。

「どう？」

「――ちゃんと存在してるんだなって」

あまり言われたくないことだとわかっていたが、正直に口にした。

だがアルフォンスは怒ったりしなかった。

「そうだよ。僕はここにいる生きた人間なんだ」

そう言って、おそるおそる尋ねる。

「僕も触っても?」

「あ、はい……」

こくりとうなずくと、アルフォンスは白い手袋を外すと、モニカの両肩に手を置いた。

むき出しのモニカの両肩がすっぽりと包まれるくらい、彼の手は大きかった。

アルフォンスは親指で軽く肌をなぞったあと、右手を鎖骨へと移動させる。

指先が隙間をなぞるように、鎖骨の上を這《は》い、それからモニカのたっぷりとした胸の谷間に行き着いた。

「あっ……」

彼の長い指がゆっくりと乳房の上に置かれる。びくん、と体を震わせると、アルフォンスがかすかにため息を漏らす。

「きみの肌はしっとりしてすべすべで……象牙のように輝いている」

アルフォンスは指を離すと、そのまま胸の谷間に覆いかぶさるように鼻先をうずめた。

「いい匂いがする。調香師は誰?」

「香水は苦手で……手作りのサシェを忍ばせています。ラベンダーにレモングラス、ミント、カモミールとか……普通のハーブばかりです」

「ふぅん……まさかのお手製か」

アルフォンスは緊張をほどくようにかすかに笑って、それから大きく息を吐くと、モニカの胸の谷間に、ちゅっとキスをした。

「あっ……えっ……？」

アルフォンスの手がゆっくりとショルダー部分の生地を下に下ろしていく。ドレスはモニカの豊かな胸とデコルテを一番美しく見せるデザインだ。なのであっけなく両方の胸が、アルフォンスの前にさらけ出されてしまった。

「あっ……」

「きみの胸、まっしろでふかふかで、きれいだな。フェルナンドの絵みたいだ」

アルフォンスは三百年前の、神々の絵を好んで描いた画家の名を出すと、そのまま乳房の先の、淡い色をした乳首を唇にくわえてしまった。

「っ……！」

思わず悲鳴が漏れそうになって、モニカは慌てて手のひらで口元を抑える。だがすぐに、ちゅうと吸われて声が出る。

「んっ、公子、そんな……」

いやいやと首を振ると、さらに強く吸われた。そしてもう一方の乳房を大きな手で揉《も》みしだきながら、指先で乳首を軽くつまんだ。

「はっ……」

吐息を漏らすモニカを見て、アルフォンスがすみれ色の目を細めながら麗しい声でささやく。

「不思議だな……今のところ、吐き気はしないし、むしろちょっと興奮してきたよ」

「え……?」

「どうしてだろう。きみが僕のことをちっとも好きじゃないし、大公妃も狙ってないからかな」

「そっ……そうかもしれない、ですねっ……私が狙っているのは、ここのっ、本、だけですしっ……あ、うっ……んっ……」

唾液をたっぷり含んだ舌が乳首をなめ上げ、吸い、指が先端をくすぐるようにはじく。アルフォンスは熱心にモニカの白い乳房を吸い、それから両手で持ち上げた。

(なんだか粘土にでもなったような気分なんだけど……)

体がじわじわと快感に染められていく一方で、頭の隅っこの冷静な部分でそんなことを考えている。

彼は性的というよりも、存在や形を確かめるような手つきで、しばらく揉んだり持ち上げたりしながら、モニカの胸を堪能した後、ふと思いついたように口を開いた。

「……この胸で、俺のペニスを挟んでくれる？」

「えっ……？」

「そういう風に男をよくする方法があるんだよ」

「なるほど……？」

童貞なのに知識は豊富でいらっしゃるようだ。いや、むしろどうにかして女性を抱けないかと四苦八苦した結果だろうか。

へぇ、と首をかしげたところで、

「こいつ、知識だけはいっちょ前だなって思っただろ」

アルフォンスが不貞腐《ふてくさ》れたようにつぶやく。

「すごい、心を読まれました」

モニカがくすくすと笑うと、アルフォンスはため息をつき、書架に立てかけるように置いてあった、ひざ下ほどの高さしかない小さな椅子を引き寄せ、その上に座る。

「いきなり入れるのはきみも抵抗があるだろうと、考慮した結果だよ」

「それは確かに、そうですね……。とりあえず一度見せていただきたいです」

いきなり訳も分からず彼を受け入れるよりも、自分の目で確かめさせてもらえるのはありがたい。

モニカはベルトを外し前をくつろげるアルフォンスの前に、片手で胸を隠しつつ姉さん座りで腰を下ろした。

「じゃあ、見てくれる……？」

アルフォンスはそう言って、下着の中から太い幹を取り出す。

モニカの目の前に、ぶるん、と飛び出してきたそれは、アルフォンスと同じ真珠の肌をしていて、先端が大きく張り出した、不思議な形をしていた。

（これが……男性器……！）

幹のようにそそり立ったそれは、故郷の森に生えているキノコによく似ていた。ただずっと大きかったし、なぜか勝手にゆらゆらと揺れているし、血管が浮き出てちょっと怖い。しかも先端から透明な蜜がとろとろと溢《あふ》れている。

ポケットに突っ込んでいた眼鏡をかけなおしたモニカは、じいっと顔を寄せてそれを見つめる。しばらくしてアルフォンスが「息がかかってくすぐったい」と肩を押した。

「失礼しました」

モニカは眼鏡を押し上げ、それから唇を引き結ぶ。

よし、やるぞ。やるしかない。

「その……胸に、挟むんですよね。これを」

「――ああ」

「わかりました。では、失礼します」

モニカはアルフォンスの膝を思い切って左右に開くと、足の間にずいずいと己の体を割り込ませる。そして膝立ちになり、思い切って胸の間に性器を左右から包み込むように挟んでみた。

「あっ……」

その瞬間、アルフォンスがビクッと体をふるわせて腰を引く。

「痛かったですか?」

慌てて身を引こうとすると、彼はカッとすみれ色の目を見開いて「やめるな!」と叫んだ。

だがすぐに我を取り戻したのか、

「あ、大きな声を出してすまない……その……やめなくていい……そのままにして」

と今度は蚊のささやくような声でつぶやく。彼の頬が女の子のようにピンクだったから、少しドキドキしてしまった。

「は……はい……」

とりあえずやめてほしくはなさそうだ。モニカは自分の胸を下から抱きしめるようにして支え、胸の間でびくびくと震えているそれをじいっと見下ろす。

(たぶんだけど……これって、疑似的な挿入行為ということよね?)

書物で知った知識だけは人並み以上という自覚があるモニカは、そのままゆっくりと自分の胸を左右から動かしてみた。

「……ッ!」

アルフォンスの白いからだがびくん、と跳ねる。シャツの前はすべてはだけて、アルフォンスの色素の薄いピンクの乳首が尖《とが》っているのが見えた。

（あれをつねったら、どうなるかしら……って、いけないわ。不敬不敬……）

モニカはそんなことを考えつつ、ゆっくりと胸を左右から圧をかけて押しつぶす。

胸に挟んだ時点で十分大きくて硬かったはずだが、それは芯をもち、さらにむくむくと大きくなっていった。

「あ……うッ……あっ、はぁっ……」

包み込み、動かすたびにアルフォンスが苦悩に満ちたうめき声をあげる。それが妙に色っぽくて心臓が早鐘を打つ。

彼はモニカを拒んでいないし、その先を望んでいる。

（私……頭がおかしくなったのかもしれない……）

歴史が積み上げられたリンデの美しい図書館で、やっていい行為ではないのだけれど、舞踏会の夜という特別な時間が、モニカの心を解放していく。

「アルフォンス様、気持ちいいですか？」

「ばか……いいよ、いいに決まってるだろ」

「これから先はどうしたら？」

「そのまま続けて……」

アルフォンスは手の甲を瞼《まぶた》に押し当てながら、書架にもたれて天井を見上げていた。

耳も、うなじも、赤く染まっているアルフォンスはとんでもなく美しく、あだっぽかった。

そして胸の間に挟まっている屹立《きつりつ》も、これ以上なくそそりたち、先端からこぼれる蜜はどんどん溢れて、モニカの胸の間をびしょびしょに濡《ぬ》らしていく。

(そもそもこれ、なにが出ているんだろう……)

モニカの胸の中でしとどに濡れて、いやらしく光っている先端を見ていると、むくむくと興味がわいてきた。好奇心につられて、そのまま先端をぱくっと口の中に含む。舌先で先端を突きながらちゅうっと吸ってみた。

「あっ……!」

独特な苦みを感じた次の瞬間、アルフォンスがモニカの肩を押して距離を取る。生暖かい液体がモニカのデコルテに飛び散り、アルフォンスが椅子から転げ落ちた。

「公子っ!」

モニカは慌てて両手を床についたアルフォンスの上半身を抱き起こす。

「だだだ、大丈夫ですか⁉」

アルフォンスは肩ではぁはぁと息をして、返事がない。

「もしかして、痛かったですか？　気分が悪いですか？　吐くならここに……!」

モニカは慌ててハンカチを取り出し、手の上に広げる。

するとアルフォンスは顔を上げ、

「おまえ～～～……ッ！　いきなり舐《な》めるやつがあるか！」

と眉を吊り上げた。

「すみません……どんな味がするのかなって」

「お前の好奇心はおかしいぞ⁉」

アルフォンスは顔を真っ赤にしたまま、差し出されたハンカチをぶん捕ると、モニカの上半身を強引に抱き寄せて、デコルテを拭き始める。

「公子」

「今のは、吐精しただけだ」

「あ、今のが？」

「人生で一番気持ちがよかった……自慰するよりもずっとよかった」

「さようでございますか……」

とりあえず気持ちがよかったのなら、目的の大半はこなしたことになる。

アルフォンスは女の体でとりあえずよくなれたのだ。

「なら、続きします？」

相変わらずハンカチでモニカを拭いているアルフォンスに尋ねる。

だが彼はうつむいたまま、首を振った。

ない」

「違う。続きはまた今度だ。もう戻らないといけないし……それに今日は、たまたまかもしれない」

だがアルフォンスは苦虫をかみつぶしたような顔でつぶやいた。

このやりとりが女の体に触れられる証明《しょうめい》になったのなら、これで終わりということになる。

「もうしないということですか？」

「――やめとく」

確かにたった一度吐精しただけで、女嫌いを克服したと決めるのは時期尚早かもしれない。

「それは、そうですね」

モニカははだけたドレスを直しながら、小さくうなずいた。

ドレスが肩とデコルテを出すタイプでよかった。そうでなければアルフォンスの精液で汚してしまったかもしれない。お互い、無言で身支度を調えて立ち上がる。

服を着ると急に羞恥心が襲ってきたようで、モニカと同じくらいアルフォンスの顔も真っ赤だった。耳もうなじも、指先まで赤く染まっている。

「モニカ。今日はありがとう。おかげで僕も、ちゃんと女体で興奮できるんだってホッとしたよ。えっとそれでその……また図書館に行く」

「は、はい……」

こくりとうなずくと、アルフォンスはモニカの肩を両手でつかむと、少し前かがみになって額に口づける。
額に押し付けられた彼の唇はとても熱くて、けれど優しいキスだった。

第四章　初めての夜

アルフォンスが中央図書館に来たのは、あれから十日ほど経ってからのことだった。

数日間は夢見心地で、夜も満足に眠れなかった。

そうして日が経つうちに、もしかしたら舞踏会の夜のことはすべて夢だったのではないかと妄想し始めていたので、いきなりアルフォンスが目の前に姿を現して、書架の整理をしていたモニカはびっくりしてしまった。

「公子っ……」

「やぁ、久しぶり」

アルフォンスはそう言って、ブックトラックの陰に隠れるようにしゃがみ込んだ。

モニカも本を持ったまま、慌てて彼の隣に座り込む。

「今日、仕事が終わったら一緒に過ごそう」

そうささやくアルフォンスの目は雨に濡れたように輝いていて、脳髄が痺れるような感覚を覚える。

魔性とでもいうのだろうか。リンデ大公直系男子のみに現れる、『ロイヤル・ヴァイオレット』の瞳には人を引き付ける魅力がある。

(一緒にって、その……いよいよ童貞をお捨てになるって決められたのかしら……)

それはイコール、モニカも純潔を散らすということになるのだが。

「あの……いつも通り帰らないと両親が心配するので、なにか理由がないと」

ぼそぼそとつぶやくと、アルフォンスは当然だと言わんばかりにうなずいた。

「それは、僕のほうで連絡しておく。妹たちが会いたいと言ってるとかなんとか……まぁ、どうとでもなる」

「わかりました」

こくりとうなずくと、アルフォンスはニコッと笑って、頬を傾けてモニカの唇に触れるだけのキスをした。

「仕事が終わったら迎えを寄越《よこ》すよ」

「はい」

こくりとうなずくと、彼はまたすっと立ち上がって「仕事がんばって」と、あっという間に見えなくなった。

図書館の利用者はまさか公子がうろうろしているなんて、想像もしないだろう。モニカは自分の唇に触れながら、なんとも説明しがたい複雑な気分になる。

(今のキス、なに⁉)

いや、キスはキスでしかないのだが、アルフォンスの態度には問題がある。

あくまでも自分は『彼が童貞を捨てるための練習台』であって、恋人でもなんでもないのだ。

なのにあんな風に別れ際にキスをしたり、にこっと無邪気に笑われたら、勘違いしてしまうではないか。

「やだなぁ……」

モニカはプルプルと震えながら自分の体をぎゅっと抱きしめる。

モニカは物語の中の男性にしか、恋をしたことがない。

大学に進学したときは、女学生が二割程度だったため、男性にはたくさん声をかけられた。

ほとんどが『お遊び』の誘いだったが、中には熱心にモニカを口説く男性もいたのだ。貴族の三男坊や、商家の御曹司など、結婚相手としては悪くない男ばかりだった。

ただ、どの男性もまるで口裏を合わせたように『きみはとても賢い女性だ』『結婚して、夫である自分を生涯かけて支えてほしい』と告げるので、失望した記憶しかない。

(夫を支えるのが悪いってわけじゃない。母様だって父様を支えてる。でも……それは母様の選択の結果よ。私にだって夢があるのに……諦めろっていうの？　全部捨てさせるの？　私の人生は、私のものではないの……？)

そんな青春時代を過ごし中央図書館の職員になった今、偶然に偶然が重なって、アルフォンスとそういう関係になっている。

（公子のこと、絶対に好きになったりしないように、気を付けないと……！　私は練習台！　今日で最後‼）

モニカは唇を引き結び、何度も自分に言い聞かせる。

そんな風に思うこと自体、すでにもう後戻りできないところに立っていると宣言するようなものなのだが——モニカはこの時点では気づけなかったのだった。


仕事を終えて図書館を出ると、少し離れた場所に馬車が停《と》まっていた。最近のリンデは自動車も多く走っていて、レースなども開催されているくらいなのだが、公子はシックなものがお好きなのかもしれない。

御者がモニカの姿を見て「お待ちしておりました」とドアを開ける。

「ありがとうございます」

乗り込むとすぐに、馬車は町の外れに向かって走り出した。

向かった先は郊外のお屋敷で、外から色とりどりの薔薇が咲き誇っているのが見える。

「わぁ……」

いったいどなたのお屋敷だろう。ふわふわした心地で玄関に向かうと、ドアが開き、中からラフな姿をしたアルフォンスが姿を現した。

「やぁ、モニカ」

「おっ、お招きアリガトウゴザイマス……」

急に出てくるから思わず片言になってしまった。

ロングスカートの裾をつまんでカーテシーをしたところで、アルフォンスがくすっと笑う。

「今更緊張するのか？」

「まぁ……そうですね」

確かにあんなことをしておいて、というのはあるかもしれない。

ふたりで中庭が一望できる応接室へと入ると、年配の女性がワゴンを押して入ってきた。

「ばあや、彼女が僕の友人のモニカ・フォン・シュバリエだ」

「モニカと申します」

軽く挨拶を交わすと、

「ぼっちゃまがお友達を連れてきたのは初めてですよ。ゆっくりお過ごしくださいまし」

ばあやと呼ばれた彼女はしわしわの顔でにこにこと微笑むと、そのまま応接室を出て行った。

「ばあや？」

「ああ。彼女は僕が小さいとき宮殿で仕えてくれていた人だよ。引退後はこの屋敷の管理を任せているんだ」

アルフォンスはそう言って、中庭に目を向けた。

「ここは十三年前に亡くなった、母が所有していた屋敷のひとつだ」

「大公妃様の……」

現大公であるマクシミリアン殿下は晩婚で、三十代後半でようやく妻をもった。大公妃は帝国の公爵令嬢で、残っている写真でしか知らないが、とても美しい人だったはずだ。

「少し、話をしようか。知っていてほしいことだから」

アルフォンスは軽やかにそう言いながら、長い足を持て余すように組む。

モニカの緊張が伝わったのかもしれない。気遣いに感謝しつつ、うなずいた。

「――母は最期まで、この国を、父を、僕や妹たちを憎んでいた」

「え？」

「まぁ、お茶を飲みながら話す話ではないけれど」

アルフォンスは苦笑して、砂時計が落ちたのを確認すると慣れた手つきでポットのお茶をカップに注ぐ。

「母はとてもプライドが高く、すべてを自分の思い通りにしたい人だった。なかなか子ができないのは若い自分ではなく、年上の父のせいだと毎晩ののしり、暴力をふるっていたんだ」

「は……？」

不敬すぎる言葉遣いだが許してほしい。

そのくらい彼の口から出る大公妃の実像が衝撃的だったのだ。

「僕が生まれる前の話だよ。昔から仕えていた侍従や医者に聞いたから、本当のことなんだろう。実際、父の眉間には、今でも母が投げつけた時計で怪我《けが》をした傷跡が残っているしね」

アルフォンスはすらりと長い足を組み、自嘲するように笑う。

「結婚して丸三年、大変な苦労のすえようやくできたのが僕だ。待望の跡継ぎが生まれたわけだが、当然ふたりの間はすっかり冷え切ってしまって、父は妻ではない女性のもとに通うようになった」

「……」

大公が愛妾《あいしょう》をお持ちだったこと自体、特に珍しいことではない。リンデの長い歴史上では、愛妾が産んだ男児を大公妃が引き取り、次の大公として育てた例は何度もある。

「あれは僕が十歳になった頃かな。愛妾が妊娠したという噂が母の耳に届いた。父は隠していたらしいが、人の口に戸は立てられないからね。事実を知った母は烈火のごとく怒り、まさに発狂寸前で父をなじり、それから……」

アルフォンスはどこか遠い目をして、口をつぐむ。

「あとはもう、口に出すのもおぞましい、考えうる最悪の事態が起こったと思ってくれていい」

アルフォンスは小さく笑って、それから目を伏せる。

「父は愛妾を持つのをやめ、また母と子をなす努力をした。だが母は出産後、娘だと知って、癇癪《かんしゃく》を起こした」

「それはどうしてですか……？」

「女だと、僕のスペアにはならないからだよ」

アルフォンスは天使のように美しい頬を歪《ゆが》ませ、カップを口元に運んだ。

「僕は子供のころ、とても病弱だったんだ。だから母は愛妾に子供を産ませるわけにはいかなかったし、いざという時のスペアを自分で産みたかったんだろう」

「――」

「それから数年して、母は心臓の病で亡くなった。あっけなくね。彼女はきっと心無い言葉で傷つけたはずだから、妹たちが物心つく前に死んでくれて、せいせいしたし、本当に良かったと思ってる」

アルフォンスはそう言って、紅茶にミルクを足してスプーンでそれを軽くかき混ぜると、凍り付いたように唇を引き結んでいるモニカを見て、

「ごめんね」

とつぶやいた。

「――なぜ、謝るのですか」

「僕が女性嫌いなのは、理由ははっきりしてるし、わかってるってことを黙っていた。とにかく僕は大公妃になりたいすべての女性を憎んでいる。僕の地位しか見ていない女たちが、大嫌

いなんだ」

「公子……」

アルフォンスは『せいせいした』『本当によかった』と言っているが、正直とてもそう思っているようには見えなかった。

（子供は母親が大好きだもの……期待して、裏切られて、たくさん傷ついて……それでも今度こそって、思ったんじゃないかしら）

双子姫の誕生時、アルフォンスはもう十歳になっている。自分の目で娘たちの誕生を喜ばない母の振舞いを見て、胸を痛めたに違いない。

（うちは両親も、家族も仲が良くて……大事にされて、それを当たり前のように受け取っていたけれど、世の中にはそうじゃない家族もたくさんいるんだわ）

この国で一番有名な家族が崩壊していたことを、どれだけの人が知っていたのだろうか。

せめて自分くらいは、彼の悲しみに寄り添えたらと思う。

そして図書館館長が、子供だった彼に鍵を渡した理由がわかった気がした。

（図書館を、彼の逃げ場にしてあげたんだわ）

心を安らげる場所を持たない、少年のために――。

モニカは胸にこみあげてくる気持ちを、はっきりと自覚する。

自分も、彼のそういう場所になりたい。この人の心を、癒やして差し上げたい。

「アルフォンス様」

モニカは背筋を伸ばし、憂鬱そうな彼を見つめる。

「あなたは人生のすべてを次期大公という責任ある地位のために捧《ささ》げてきて……呑《の》み込《こ》めないことがあっても、それを努力でなんとかしようとしているんです。まぁ、確かに今から私たちがすることは、おかしいかもしれませんけど、これはふたりの間の秘密ですよ」

そしてモニカはにこっと笑う。

「私たち、友達でしょう」

そう、友達だ。好奇心と交換条件で彼と体を重ねるが、それはそれ。モニカはアルフォンスの妻になりたいなんて微塵《みじん》も思っていないし、夢を捨てる気もまったくないのだから。

するとアルフォンスは少し驚いたように目をぱちぱちさせた後、

「じゃあ、ふたりの時は、アルと呼んでよ。友達みたいにね。いいだろ？」

アルフォンスはひどく傷ついた顔で、微笑んだ。

「……アル」

彼の名前を呼んだとき、胸の奥がきゅうっと締め付けられて、眩暈がした。

冗談で口にした友達が急に重みを増した気がして、目頭に熱が集まり、唇がわななく。

「アル……」

もう一度呼ぶと、本当に心臓が痛くなった。

と握りしめた。

「モニカ……今すぐきみを抱きたい」

アルフォンスが手を伸ばし、真っ白なテーブルクロスの上に置かれたモニカの手を、ぎゅっ

それからアルフォンスは、モニカの手を取って二階に続く階段をのぼり寝室へと誘った。

寝室は薄いブルーの天蓋付きのベッドと、大きな鏡、そして書き物机があるだけのシンプル
な部屋だ。

「一緒に湯あみをしよう」

アルフォンスはそう言って、続き部屋のドアを開ける。部屋の中央に猫足のバスタブがあっ
て、湯が溜められていた。

一日働いて、ほこりや汗が気になっていたのでホッとしたが、

「えっ、一緒に⁉　無理ですよ！　別々です！」

慌ててこちらの服を脱がそうとしてくるアルフォンスを押し返す。

「なんで？　僕は一緒がいいよ。入ろうよ」

「いやですっ。出て行ってくださいっ」

モニカはぐいぐいとアルフォンスの背中を押して、ドアを力いっぱい閉める。

「恥ずかしがり屋だなぁ」

ドアの向こうからのんびりした声が聞こえたが、返事はしなかった。

「そういう問題じゃないのに……ほんとにもう……」

モニカははぁ、と大きなため息をつき、それから湯舟を覗き込む。中には庭から取ってきたらしい薔薇がたくさん浮かべられていて、美しいことこの上ない。

「わぁ……」

薔薇風呂なんて、古代の皇帝陛下のようだ。

モニカはブラウスのボタンを外し、服を脱ぎ、眼鏡を外す。それからゆっくりとバスタブの中に身を沈めた。膝を抱えてほかほかと湯気があがる天井を、ぼうっと見上げる。

時間が経って、じわじわとアルフォンスの告白の衝撃が遅れてやってくる。

（お母さまの話……ビックリしたな……）

アルフォンスの女性嫌いの原因である、亡き大公妃。

夫に暴力をふるい、生まれた子を慈しまず、愛妾に害をなした人。

まさに国の醜聞と言っていいだろう。黙っていたほうがいいに決まっている。だがそれでも正直に話してくれたのは、アルフォンスがモニカを信用してくれたからだ。

さきほど彼は『友達のようにアルと呼んでほしい』と言っていた。

普通友達とこんなことはしないと思うが、逆に裸になって抱き合うなんて、信用している人間相手ではないと、できないことだとも思う。

（そうね、私はアルフォンス公子のお友達になったんだわ）

友達が困っているから、助けるだけだ。

決心を固めたモニカは湯から上がり、裸の体の上にバスローブを羽織る。

下着はどうしようかと思ったがつけなかった。

ドアを開けて「お待たせしました」と呼びかけると、ベッドの上で文庫本を読んでいたアルフォンスが跳ねるように飛び起きる。

「ばあやは家に帰らせたよ。あと飲み物用意したから好きに飲んで。僕も汗を流してくる」

彼は早口でそういうと、モニカと入れ違いで急ぎ足で浴室に入っていった。

寝台の横にはカットしたフルーツがたくさん入った果実水と、軽食のスコーンやサンドイッチが置いてある。

椅子に座って果実水を飲んだが、軽食には手を付けなかった。胸いっぱいで固形物が入る気がしなかったのだ。

「はぁ……緊張してきた……」

大きく息を吐いたところで、ばあん！　とドアが開く。

「えっ？」

振り返ると腰にタオルを巻いただけのアルフォンスが、仁王立ちしている。

「も、もうっ？」

まだグラス半分の水分を飲んだだけである。

目をぱちくりしていると、

「ごめん。我慢できなくて」

アルフォンスは額に張り付いた蜂蜜色の髪をかき上げながら大股でこちらに近づいてきて、モニカの腕をつかみ強引に立たせるともつれるようにベッドに押し倒す。

「きゃっ……！」

驚いて悲鳴を上げると同時に、モニカがかけていた眼鏡が吹っ飛んだ。拾う間もなく、覆いかぶさるようにアルフォンスが口づけてくる。

彼の唇はひんやりと冷たかったが、口内に差し込まれた舌は燃えるように熱い。やけどしそうで、体がビクッと震える。髪からしずくがぽたぽたと落ちて、モニカの額を濡らした。

「ん、う……」

息継ぎができず顔をそらそうとすると、アルフォンスの大きな手がモニカの頬を両手でしっかりとつかみ、強引に引き寄せる。

（息が、息が、できないっ……！）

いきなりのことに前回はどういうタイミングでキスをしたのか、わからなくなって、モニカははふはふと必死に息を吸いながら、彼を受け止めようと口を開ける。

「モニカ……モニカ……」

アルフォンスは何度も名前を呼びながら、モニカを食い尽くさんばかりの勢いで唇を重ね、舌で口内を蹂躙《じゅうりん》する。モニカの唇をちゅうちゅうと吸い、舐め、それから舌に柔らかく歯を立てた。

「あっ、あっ……」

その些細《ささい》な刺激がモニカに甘い痛みを与える。

思わず身もだえすると、アルフォンスがかすれた声でささやいた。

「きみの裸、見せて」

そしてバスローブの腰ひもを慌ただしくほどくと、両手で前をはだける。

「あっ……」

下着をつけていないモニカの裸身が、アルフォンスにあますところなくさらけ出される。

とっさに両手で胸元を隠そうとしたが、

「だめ、見せてって言っただろ？」

とアルフォンスが手首をつかんで、モニカの顔の横に押し付ける。

「～～ッ……」

モニカは羞恥に身をよじりながら、唇を震わせた。

「は、恥ずかしい、ですっ……」

まだ完全に日は落ちていない。夏に移り変わる前の春のリンデは、日が長いのだ。

カーテンは開け放たれており、夕日が寝室をオレンジ色に照らしている。

「――きれいだ」

アルフォンスは何度も金色のまつ毛を瞬かせながら、ぽつりとつぶやいた。

「モニカ、きみはとてもきれいだ。図書室でも思ったけど、こうやって見ると、ドキドキする。たくさん触りたい。許してくれるね？」

神のような美しい男の目に晒されて、息が今にも止まりそうだが、いやだとは言えなかった。

「は……はい」

自分で自分の背中を押すように、こくりとうなずくと、彼はふっと笑ってそれからゆっくりと顔を下ろし、モニカの胸の谷間にチュッと音を立てて口づけた。

宝物にでも触れるように、アルフォンスはモニカの全身を手のひらで確かめ、輪郭をなぞっていく。緊張で冷たくなっていた全身が、じわじわと温まる気配があった。

「きみの肌は気持ちがいいな。すべすべだ。ずっと触《な》っていたい」

アルフォンスは優しい声でささやきながら、胸を撫で、へそに触れ、そのまま手のひらで淡い叢《くさむら》を撫でる。

「も、もう……？」

「ここに、入れるわけなんだけど」

「いや、ちゃんとほぐさないと入らないと思う。きみも緊張してるし、僕もそうだ」

そうしてアルフォンスはずるずると後ずさると、モニカの両足を左右に広げる。

視線を感じたモニカが慌てて両足を閉じようとしたところで、

「だめだよ」

アルフォンスは太ももの内側に手を当てモニカの秘部に顔を近づけたのだった。

「あっ……！」

彼の指が叢をかき分け、花びらを左右に開く。

「まって、そんなところ……！」

「やっぱりきみは、ここもきれいだよ。蜜で濡れてきらきらして」

アルフォンスはそう言いながら、指の腹で花芽を軽くこすり始める。

「ひゃっ……！」

彼の指がそこに触れた瞬間、モニカの腰は跳ね上がっていた。

「まって、いまの、それ、あっ！」

いったい自分の身に何が起こったのだろうか。彼の指がどこかに触れた瞬間、全身を貫くような快感が走った。

「どんな女性でもここを触ったり吸われたりしたら、気持ちがいいらしい。さっそく試させて」

触ったり吸われたり――？

アルフォンスがさらりと口にした言葉に、モニカは耳を疑った。

まさかと思った次の瞬間、アルフォンスはモニカのそこに口づける。ぬるり、と舌でなめ上げられて、モニカは背中をのけぞらせていた。

「ひっ、あっ……！」

「こないだは舐めてもらったから、次は僕がきみにしたいと思っていたんだ」

そうしてアルフォンスはさらに丹念に、固く閉じていた花びらに舌を這わせ、指で花芽をつまみ、こすり、揺さぶった。

「ああ、あっ、あんっ、だめっ、あっ……ああ……っ」

アルフォンスの舌と指は恐ろしく心地よかった。

高貴な人にこんなことをさせてはいけないという理性が、あっという間に快感に塗りつぶされてしまう。

腹の奥が、なにかで埋められたがっている。

経験がないのに、そこに受け入れるものが必要だと、体が知っている。

埋めてほしい。あなたで埋め尽くしてほしいと、本能が叫ぶ。

「あ、んっ、あ、っ……やぁっ……」

未知の体験に、モニカは甘い悲鳴を上げながらいやいやと首を振った。

「あぁ、蜜もとろとろと溢れてくるよ。すごいな……。指、一本くらいなら大丈夫かな？」

アルフォンスは切れ長の目を細めつつ、蜜を指にからめながら蜜口に指をあて、ゆっくりと挿入していく。

「あっ……」

蜜壺に挿入された指は、一瞬だけ違和感を覚えたが、すぐにそれは消えた。

入っているのはわかるが、痛くはない。

アルフォンスが中指を抜き差ししながら、甘い声でささやく。

「ほら、僕が指を出し入れするだけで、どんどん溢れて……ぐちゅぐちゅって……音が聞こえるのわかる？　いやらしくて最高だな……こっちも、もう指ではつかめなくなったよ」

アルフォンスはうっとりとした眼差《まなざ》しでそうつぶやくと、ぷっくりと膨れ上がった花芽をちゅうっと強く吸い上げる。

その瞬間、頭のてっぺんからつま先まで電流が流れるような快感が走る。そのあまりにも強い快感に、必死に唇を引き結んだが、体はがくがくとふるえて、腰が跳ね上がるのを止められない。

「ん、あっ、だめぇっ！　や、すわない、でえ、あああっ、や、へんに、なっちゃうっ……！」

つま先でシーツを蹴ると、アルフォンスは逃がさないと言わんばかりにモニカの下半身を両腕で抱えるようにして抱きかかえ、さらに舌でそこを吸う。

指はさらに増やされて、ぐじゅぐじゅとみだらな水音が響いた。

「あ、ああ、なにか、くるっ、あっ……！」

激しい快感に自分の体が宙に浮かんだような感覚を覚え、そのまま頭が真っ白になる。弓なりにのけぞりながら、モニカは甘い断末魔のような悲鳴をあげた。

アルフォンスは陸に上がった魚のように、全身をぴくぴくと震わせるモニカを見て、満足げに指を引き抜く。

「達したみたいだね」

「はぁっ……はぁっ……はっ……うう……」

心臓が早鐘のように跳ね、頬が熱い。モニカは必死に息を吸いながら、ひんやり冷たいシーツに片方の頬をうずめた。

「モニカ、大丈夫？」

アルフォンスが口元を手の甲で拭いながら、モニカの汗で張り付いた髪を指で払い、顔を覗き込んでくる。

「はっ……はい……でも、へんになるかと、おもった……」

モニカがぼうっとしながらつぶやくと、アルフォンスは満足そうに微笑んでいる。

「そうかぁ……ふふ。よかった」

あまりにもにこにこなので、ちょっと恥ずかしい。

（もしかして図書室でやられたこと、やり返したかったのかしら……）

そんなことを考えていると、アルフォンスがモニカの横に身を投げ出すようにして寝転がり、後ろから抱きしめてくる。相変わらず腰にタオルを巻いたままだったが、タオル越しに硬いものが当たっている。

「あの……当たっているのですが」

「そりゃあね。興奮してるから」

そうして彼はちゅっ、ちゅっと、モニカのうなじや背中、そして肩先にキスを繰り返し、腰を揺らし始める。指で胸を優しく揉みしだき、指先で立ち上がった乳首をつまんだ。

「あっ……」

後ろから攻められては、また一方的に気持ちよくされてしまう。

お互い初心者なのだから、自分にもなにかさせてほしかった。

モニカはきりっと唇を引き結ぶと、肩越しに振り返ってアルフォンスを見つめる。

「あの、私にも触らせてくださいっ……」

「え」

モニカはさっと身をひるがえすと、アルフォンスの両肩に手を置いてそのままシーツの上に押し倒す。タオル越しでもはっきりわかるくらい、彼のモノは雄々しく勃ち上がっていた。

「失礼します」

タオルをはぎ取ると、アルフォンスの頬にさっと朱が走る。

なんだか意地悪をしているような、変な気分だ。

だが図書室で見たときと同じ、へそにつくほどそそり立ったそれを見てほっとした。

彼は今、自分に興奮している。そう思うとたまらなく嬉しい。

「触りますね」

そうささやいて、両手で彼のものを包み込む。前回は胸でこれをしごいたが、同じやり方ではワンパターンになってしまう。

「きみ、なに考えてるの」

アルフォンスが不安をにじませた声で問いかける。

「どうしたら気持ちよくなってもらえるかなって……よし」

モニカはきりっとした顔で唇を引き結ぶと、隆々と立ち上がったそれに指を添え、膝立ちしている自分の秘部に、導いた。

「ま、まってっ」

焦ったように上半身を起こしたアルフォンスに、モニカは首を振る。

「あてるだけですから……」

シーツに両膝をついたまま、ゆっくりとそそり立った幹に自分の下半身を押し付け、腰を前後に揺らす。彼の張り出した先端が、モニカのぬれそぼった花弁をかき分け、敏感な花芯と触れあった。

入ってはいない。けれどお互いのもっとも敏感な部分がこすれて、ぬちぬちと淫らな水音が響く。腰を揺らすたび、腹の奥からとろりと蜜があふれる感覚があって、なんだかアルフォンスを穢しているような気分になり、背筋がぞくぞくと震えた。

「アル、きもち、いい……？」

「いっ……いいよ、すっごく、いい……まず視覚が全部、きみでっ……胸が揺れて……あっ」

アルフォンスは唇を震わせながら、自分の腰の上で腰を振るモニカにくぎ付けになっている。腹に力が入っているのか、見事なまでに割れた腹筋が盛り上がっていた。体は神話に出てくる神のように雄々しいのに、頬を薔薇色《ばらいろ》に染め、なにかをこらえるように唇を引き結ぶ美麗なアルフォンスを見ていると、妙な気分になってくる。

モニカはゆっくりと体を倒しながら、彼の鍛え上げられた胸筋の上の、薄ピンクの粒を指で撫でてつまんだ。

「あっ……！」

乳首をいじられたアルフォンスが、稲妻に打たれたように体を震わせた。

「な、なっ、なんでっ……」

「不敬ですみません。でも、ちょっと触ってみたくなって……」

おろおろするアルフォンスに、モニカはえへへと笑いかける。

「きみなぁ……」

アルフォンスはちょっと不貞腐れたように唇を尖らせると、モニカの背中を、抱き寄せながら上半身を起こす。そしてかみつくように口づけた。

「んっ……」

最初からむさぼるような激しいキスだ。口内を暴れまわる彼の舌を必死に追いかけていると、唇が離れた一瞬、アルフォンスがかすれた声でささやく。

「もう、むり。我慢できない……いれて、いい……？」

彼のものは、ぴったりと重ねたふたりの体の間で、熱した鉄の棒のように熱く燃えていて、びくびくと震えて存在感をあらわにしていた。

「はい……」

こくりとうなずくと、アルフォンスは緊張した様子でモニカをシーツの上に横たわらせる。そして自身の屹立を握りながら膝立ちし、モニカを見下ろした。

「痛かったら言うんだよ。すぐにやめるから」

「はい」

こくりとうなずいたが、どれほど痛くても言うつもりはなかった。

モニカがじわじわと足を開くと、アルフォンスは握った屹立の先端を秘部に押し当てる。そこからさぐるように蜜口から中へ、押し入った。

指や舌でならされていたとはいえ、さすがにソレは大きかった。体を割り入る肉杭《くい》は鋼のように固く、太く、モニカの閉ざされた蜜壺を文字通り引き裂いていく。

「っ……」

眉根をしかめるモニカを見て、アルフォンスがかすかに息をのむ。距離を詰めるようにモニカの顔の横に両方の肘をついた。

「モニカ。僕を見て」

アルフォンスは麗しい声でささやきながら、モニカの顔を覗き込んだ。

「アル……」

モニカはかすれた声でつぶやき、彼の首の後ろに腕を回す。彼のすみれ色の瞳を見ていると少しだけ気持ちが楽になった。

それからアルフォンスは大きな手で優しくモニカの頬をさすり、頭を撫でたあと、また挿入を再開する。

「痛くして、ごめん……あと少し、だからっ……」

アルフォンスの麗しい額に汗がにじむ。強引に体を暴くことだってできるのに、アルフォンスはそうはしなかった。慎重に、モニカを見つめながら腰を進める。

「んっ……」

彼にならすべてを明け渡してもいい。モニカは涙に潤んだ目でアルフォンスを見つめ、彼に穿《うが》たれるのを待つ。

あと少し、あと少し。モニカも心の中で何度もつぶやく。

「あっ、あっ……んっ……」

苦しい。見なくても今、一番太い部分が入っていることがわかる。

「あと、少し……？」

はっ、はっ、と息を荒らげるモニカを見て、アルフォンスが切なそうに眉をひそめた。

「――入ったよ」

「え……」

「全部、入った……」

アルフォンスははーっと息を吐いて、そのままモニカをシーツの上でぎゅっと抱きしめる。

「ありがとう」

まさかお礼を言われるとは思わなかった。

「お礼なんて……」

モニカはゆるゆると首を振る。そして彼の首の後ろに回した手で、アルフォンスの蜂蜜色の髪を撫でて指に絡ませた。しっとりと汗ばんだ彼の髪からは相変わらずいい匂いがして、うなじをくすぐるとアルフォンスがほんのりと笑う。

視線が重なって、吸い寄せられるように唇が重なっていた。

最初は触れるだけ。何度も離れ、それからまた触れ合って。気が付けば離れるのが惜しくて、口づけはどんどん深くなる。

アルフォンスの金色のまつ毛が、瞬きをするたびに夕日に照らされて虹色の光を放つ。

（この人と寝なければ、男性のまつ毛がこんなに光るなんて、知らなかっただろうな……）

ふらりと入った美術館で、自分が知らない、けれど心の琴線に触れる美しい絵を見たような、そんな気分になる。

「――モニカ、動いて、いい？」

アルフォンスが、すり、と頬を摺《す》り寄せながら、麗しい声でささやく。

「きみの中、すごく気持ちよくて……腰が溶けそうなんだ」

アルフォンスの声は低く、甘く、ぴったりと身を寄せあっているだけで、体の奥からなにかをつかまれるような、不思議な感覚がある。

女性だけではない。彼に命令されたら、老若男女関係なく、すべて受け入れてしまうのではないだろうか。

「いいですよ」

案の定、モニカは熱に浮かされながら、こくりとうなずく。アルフォンスはにこりと嬉しそうに微笑むと、ゆっくりと腰を引き、それからまた奥まで挿入した。

「あっ……」

彼のモノがモニカの中をずるりとえぐり、先端が腹の裏を押していく。

「アルッ……あ、あっ……んっ……」

「辛い？」

「ううん……大丈夫……」

確かに内臓がひっくり返りそうな感覚はあるが、辛いというほどではない。痛かったのは受け入れたときだけで、一度納めてしまえば何とかなるようだ。

（人間の体って、すごい……）

静かな抽挿に身をゆだねつつ、モニカは呼吸を整える。そして彼が遠慮しないよう言葉を続けた。

「もうちょっと、上のほうが、すきかも……」

「こう？」

アルフォンスはモニカの白い太ももを下から軽く持ち上げて、揺さぶるように突く。

「んん……」

「締まった」

アルフォンスはふふっと笑って、そのまま太ももを自身の肩にのせて、グイッと体重をかける。その瞬間、腹の奥から痺れるような快感を感じ、モニカは唇を震わせた。

「いい？」

「いっ……んっ、あっ……」

素直にいいと口に出すのが恥ずかしくて、口元を手の甲で押さえると、アルフォンスは妙に意地悪な顔になって、顔をそらしたモニカの耳元でささやく。

「いい時はいいって、言ってほしいな。僕だって初心者なんだから。ね……？」

そしてアルフォンスは腰を引き、入り口の浅い部分をこねるように腰を回した。

「あっ……！」

「そうだ。ここも触ってあげたほうが気持ちいいよね」

アルフォンスはシーツについていた手を、ふたりが繋がっている部分に伸ばして、ぷっくりと存在を主張している花芽を指の腹で撫でる。

「あんっ……！」

いきなり敏感な部分を撫でられて、モニカは背中をのけぞらせた。

「触りやすいように、こっちの足も上げさせて」

アルフォンスはシーツの上でぴん、と伸びていたもう一方の足も抱えて、自らの両肩に乗せてしまった。そして自らのたくましい体でモニカを押さえつけるようにして、抽挿を繰り返した。

ふたりの肌がぶつかるたび、ばちん、ばちんと音が響く。

「あ、アルッ……あ、あんっ、やぁ、ん、あんっ……」

「かわいいね。声が甘くなった」

アルフォンスは吐息交じりの声でそうささやくと、揺れるモニカの胸に顔を寄せて、先端を口に含む。

「〜〜〜ッ！」

痺れるような強い刺激にモニカが声にならない悲鳴をあげると、アルフォンスがさらに唾液をたっぷりとまぶした舌で、それをちゅうちゅうと吸い始めた。

「や、だめ、っ、あっ、あんっ、吸わないでっ……」

「それは嘘だな。中がうねって……僕のペニスに絡みついてる」

「やだぁ……」

「いやじゃなくて、いい、じゃないの？」

アルフォンスはゆったりと、船を漕《こ》ぐように体を揺らしながら微笑む。

「それにしても、僕たち初めてなのに、すごく気持ちいいね……すごいな。こんなこと、あるんだ……話に聞いたのとは全然違う」

彼の言う通り、痛みよりも快感がかすかに勝っていて自分でも戸惑いしかない。

「気持ちいいね……」

囁きながら繰り返しキスをかわした。

「はあ……」

アルフォンスの声が、次第にうわずり始める。

「モニカ……そろそろ、出していい？」

彼の長いまつ毛がゆっくりと羽ばたく。

彼は最後の最後まで、モニカを気遣ってくれている。こんな時くらい好きにしたらいいのにと思うと同時に、こういう人だからずっと女性を抱けなかったのだろうとも納得した。

モニカは快感の波に揺蕩《たゆた》いながら、うなずき、両手を伸ばして彼の頬を撫でる。

いいよ、と唇の形で彼に伝えた。

その瞬間、アルフォンスのすみれ色の瞳の赤みが強くなった。

中に入っていたアルフォンスの屹立がさらに硬くなる。

「モニカ……ッ」

アルフォンスは唇を引き結ぶと、屹立をぎりぎりまで引き抜き、最奥まで突き上げる。

「ああっ……！」

モニカが奥だと思っていたそこは、どうやら違ったらしい。目の前に星が飛んだが、両足を抱えられて自由にならない体では、もう逃げられなかった。

優美で麗しいアルフォンスは雄の顔になり、モニカの体を組み敷いて愚直に抽挿を繰り返す。

「あ、あっ、あんっ、ああっ！」

突き上げられるたび、体が揺れて、唇から悲鳴がこぼれる。シーツに抑え込まれた不自由さ

が、モニカの被虐心を甘くくすぐる。

「アル、あ、っ、や、だめぇ……っ……！」

いやいやと首を振ると、アルフォンスが宝石のような瞳をきらめかせながら、声を絞り出す。

「誰にも見せたことがない顔、見せて」

彼の片手がモニカの頭の後ろに回り、持ち上げる。

「あっ、はあっ……あっ……！」

「モニカ……俺を、見てっ……」

彼の懇願に、ぎゅっと目を閉じていたモニカはまぶたを持ち上げる。

視線が至近距離で絡み合った次の瞬間、モニカは自分の体が彼と完全にひとつに溶け合ったことを自覚していた。

体に痛みはあったが、頭が痺れるほどの快感を覚えて、弾ける。

「あっ……！」

まるで花火だった。パレードの夜にだけ見られる、特別な花火。

打ちあがって弾けて、音の名残がいつまでも体の中で響いている。

「アル……」

無我夢中で彼の首にしがみつき、自分から唇を重ねていた。

アルフォンスもまたモニカに口づけながら、抽挿を早め、そしてのどの奥で獣のような唸《うな》り声《ごえ》をあげながら、腰を引く。

次の瞬間、生暖かい白濁がモニカの白い胸に勢い良く飛び散った。

「はぁっ……はぁっ……ふーっ……」

アルフォンスは肩で大きく息をしながら、黄金色の髪をかきあげつつ後ろに撫でつける。

しっとりと汗に濡れた彼の体はうっすらと薔薇色に染まっていて、美しかった。

全身がびりびりと痺れて動けないモニカを見て、呼吸を整えたアルフォンスはベッドの横に置いてあった水差しに手を伸ばす。タオルを濡らし、丁寧にモニカの裸を拭いてくれた。

「あ……」

思わず恥ずかしくなって逃げるように寝返りを打つと、

「落ち着いたら一緒に風呂に入ろう」

彼はそう言って、すりすりとモニカに頬ずりする。

どうして一緒にお風呂に入りたがるのか、モニカはさっぱりわからない。

「いやです……恥ずかしいし」

モニカは唇を尖らせて拒否するが、

「じゃあまたいつかね。そういうの憧れてたから」

アルフォンスは笑って、ぐったりするモニカの背中に口づけたのだった。

その日の夜、モニカとアルフォンスは夜通し語り合った。

図書館で初めて会話した日に、彼がエーリクの本を借りていたのは、個人的に彼に家庭教師をしてもらっているから、ということを知った。

大公の従兄弟であるエーリク学長とは幼いころから親しいのだとか。

「もしかしたら、僕たちは子供のころに図書館で会ってるかもよ」

いたずらっ子のようにアルフォンスが口にして、

「そうかもしれないですね」

まさかと思いつつも、モニカも笑ってうなずいた。

それから好きな本の話はもちろんのこと、アルフォンスが列車や車という乗り物に弱いことや、腹違いの兄がいること、などを聞いて――。

「えっ、腹違いの兄ッ⁉」

彼の腕枕でぼんやりととりとめのない話を聞いていたモニカは、真夜中にも関わらず一気に覚醒して、跳ねるように飛び起きていた。

だがアルフォンスはまったくなんとも思っていないようで、

「ネルキアの宰相閣下だよ。知ってる？」

とさらりと口にする。

「ああ……えっ、宰相⁉」

ネルキア王国は大陸の東方にある国だ。帝国の一領土に過ぎなかったネルキアは、独立後百年以上周囲の国々とのいさかいが絶えず、ようやく落ち着いたのが現ネルキア国王の治世二十年だと言われている。

「ネルキアの宰相といえば、国王の懐刀ですよね。もともと王太子時代の侍従だったとか」

「そう。子供の頃はエーリク先生に師事して、うちの大学にも通っていたんだよ。天才少年だったって」

「そう、だったんですか……！」

だが『兄』とはまた複雑な間柄だ。

（ネルキアの宰相が公子の腹違いの兄……）

そういえば去年、ネルキアの宰相がリンデ大学で一ヶ月だけ教鞭《きょうべん》をとったと耳にしたことがある。アルフォンスも帰国し、ネルキアの宰相夫婦を歓迎する舞踏会が開かれたはずだ。

「そんなこと、私に話して大丈夫……？」

おそるおそる尋ねると、アルフォンスがクスッと笑って、片方の足を組み天井を見上げる。

「モニカを信じてるし……それに知っているのは兄本人と、僕と父、そして恩師のエーリク先生だけなんだ。兄は僕と違って堅物で真面目な人だから、自分を育ててくれたネルキアを離れるつもりはないらしいし……」

アルフォンスははぁ、と大きなため息をつく。

「あの人が僕のそばにいてくれたら、リンデをもっと発展させられたはずなんだけどなぁ……残念だよ」

そうつぶやくアルフォンスの横顔は、どこか寂しそうだった。

(本当は、宰相としての能力に期待というよりも、兄としてそばにいてほしかったのかしら)

きっと、そうだろう。アルフォンスの家族は年老いた父と、年の離れた妹姫だけで、今後のリンデの行く末はアルフォンスひとりの肩にかかっているのだから。

「アル……」

モニカは手を伸ばして、アルフォンスの裸の肩に手を置いた。

「あなたが自分の家族を作ればいいのよ」

「——僕が?」

モニカの発言を聞いて、アルフォンスが驚いたように目を見開く。

「押し付けられる相手と一生をともにすることに、不安になるのは当然よ。だったら自分でこの人だって女性を見つけるしかないわ。もちろん次期大公の妻になる人だから、いろいろしがらみはあるかもしれないけれど……それでも、自分の目で見つめて、確かめて、将来をともにする相手を選ぶの。自分の意志でね。そうすればあなたの未来も、そんなに悪くないものになるんじゃないかしら」

——そうだ。彼にもまだ自由があるはずだ。

「……なるほど」

アルフォンスが何度か瞬きを繰り返した後、こくりとうなずいた。

「ありがとう、モニカ。とても参考になったよ」

「どういたしまして」

モニカはふふっと笑って、またごそごそしながらベッドの中に潜り込むと、彼を慰めるように、胸のあたりをとんとんと叩く。

「大丈夫よ、アル……あなたは大丈夫……」

賢く美しい、そしてどこか寂しそうな彼が愛せる女性が現れますように。

そう願った気持ちに嘘はなかった。

胸の奥でちくん、と何かが傷んだ気がしたけれど。

それがなにかを知らないモニカは、違和感に目をつぶり深い眠りに落ちたのだった。

第五章　帝国からの婚約者

モニカがアルフォンスと一夜を過ごしてから数週間後。リンデの短い夏が目前に近づいていた。

「モニカ、今日はもうあがっていいよ」

同僚の男性職員の声に、中央図書館のカウンター内で貸出記録を整理していたモニカは、顔をあげる。

「でもまだ一時間ほどあるわよ」

「こないだ休み代わってくれただろ？　そのお礼ってことで」

同僚はぱちんとウインクをしながら、にっこりと微笑む。

「ありがとう。じゃあお言葉に甘えさせてもらいます」

モニカは素直にうなずいて、事務スペースに置いてあったバッグを手に図書館をあとにする。

「せっかくだから、お買い物でもしようかしら……」

一時間もあれば気になっていた洋品店など顔を出せる。

図書館前で乗合馬車に乗って、店が立ち並ぶ通りまで向かうことにした。馬車の合間合間に、自動車も走っているのが見える。

リンデ公国内では自動車がブームになっていて、ブルジョア層の男性たちはこぞって目玉が飛び出るような値段の車を購入し、自らハンドルを握って運転を楽しんでいるらしい。

（車の乗り心地ってどんなものなのかしら……）

そこでふと、アルフォンスの話を思い出す。

乗り物が苦手だと言っていたこと――。自動車の便利さはわからないでもないが、いっそ馬車にガタガタ揺られたほうがましだと真剣な顔をして言っていた。

とはいえ、必要であれば自動車に乗るのだろう。辛い顔を誰にも見せずに。

（元気、なのかな……）

あれからアルフォンスとは連絡をとっていない。

ふたりで初めての夜を過ごした日、アルフォンスは夜が明ける前に宮殿に戻ってしまっていた。目を覚ますとベッドにひとりいて、そのまま身支度を調えて家に戻った。

メモ一枚でも残してくれればいいのに、とちょっぴり思って、すぐに否定した。逆だ。先のない優しさでメモを残されたりなんかしたら、モニカは一生引きずるに決まっている。それがアルフォンスにもわかっていたのかもしれない。

（厳しさも、優しさだわ）

モニカは馬車を降りて、目当ての洋品店に足を踏み入れる。

便箋とインクを購入し、それから書店へと向かった。書店の近くにはタブロイド紙を売っているスタンドが立ち並んでいる。なにげなくそちらを見て視界に飛び込んできた人物に、後頭部をガツンと殴られたような衝撃を受けた。

（アル……）

おそるおそる手に取ると、スタンドの中にいた男性が「一部だね」と手を差し出す。

「あ、はいっ」

慌てて財布から小銭を取り出し、彼に渡した。人の邪魔にならないように道の端に寄る。

見出しには大きく『帝国より第二皇女来訪。大公妃内々に決定か⁉』とあり、そこには美しい女性が、リンデが誇るヴァイオレット急行の前に立っている写真が掲載されていた。

一国の皇女の迎えなので、当然というべきかホームにはアルフォンスもいて、にこやかに微笑み彼女と親密そうにハグをしていた。

記事を読み進めると、皇女とはアルフォンスが帝都の大学に通っていたころから親しく、学友のひとりだったとか。

『アルフォンス公子の強い要望により、リンデへとやってきた美しい皇女殿下』

『宮殿にしばらくの間ご滞在』

と、記されている。

（きれいな人……）

皇女の名はマーガレットといい、ゆるく波打つ金髪に目が覚めるような緑の瞳は、アルフォンスと並べば揃《そろ》いの人形のようにぴったりだ。年齢は二十一歳で、妖精のような愛らしさである。これまで様々な女性たちが次期大公妃として挙げられてきたが、これほど身分もなにもかもふさわしい相手が出てきたのは、初めてだった。しかも皇女は当分リンデに滞在するという。

とうとうこの日が来たのだ。とうとう——。

「っ……」

全身から血の気が引いて、眩暈がした。足から力が抜けてとっさに壁にもたれる。品のある老夫婦が「お体の具合が悪いの？」と声をかけてきてくれて、慌てて「少し眩暈がしただけです」と頭を下げ、フラフラしながらその場をあとにした。

ふと、脳内にアルフォンスとかわした言葉が浮かぶ。

自分で将来の妻を選べと告げたとき、彼は『とても参考になったよ』と妙に感心していた。

だからアルフォンスは行動に移したのだろう。

大公妃にふさわしい女性を自分で選んだのだ。

「そっか……」

確かに帝国の皇女なら、大公妃になにがなんでもなりたいという女性とは一線を画した立場でもあるし、留学時代の友人であれば人となりも知っているはずだ。

決定的だ。アルフォンスは帝国の皇女殿下と結婚を決めたのだ。

（よかったじゃない……うん……）

そう、よかったのだ。彼は自分で幸せになるために行動に移しただけ。そうしたほうがいいと勧めたのは自分なのだから――。

帰宅早々『具合が悪い』と言ってベッドにもぐりこむ娘に、両親は何も言わなかった。

タブロイド紙片手に戻ってきた娘の気持ちに、もしかしたら気づいていたのかもしれないし、そうではないかもしれない。

モニカはネグリジェの袖口で何度も目元をごしごし拭きながら、枕に顔をうずめて泣いた。

「ふうっ……うう、うう～っ……」

涙はいくらでも溢れてきたし、拭いても拭いてもじんわりとにじんで、止まらない。

（そっかぁ……私、勝手に失恋気分を味わっているんだ……）

なんということだろう。絶対にこんなことにはならないと思っていたのに、モニカはアルフォンスの結婚にショックを受けている。

（恥ずかしい。公子と自分の未来が重なることなんてないって、全然、最初から分かっていたし、納得していたし、期待もしていなかったはずなのに、こんなにショックを受けるんだ……！）

悲しみに身をよじりながら、モニカは唇を引き結ぶ。

この数週間、毎日朝から晩までアルフォンスのことばかり考えていた。

最初の数日は、楽しく過ごした一晩のことを、ふたりで話したとりとめのない会話、アルフォンスの笑い声、彼の蜂蜜色の髪や赤みがかったすみれ色の瞳を、胸の大事な場所から取り出して、何度も反芻《はんすう》しては思い出に浸っていた。

だが日が経つにつれて、彼の思い出がどんどん美しくなり、自分にとって都合のいい夢を見ていたような気がして、怖くなった。

アルフォンスに会いたいと思う自分が間違いなく、存在して、それは自分を信じてくれた彼にとってフェアな感情ではないことに気づいて、利己的な自分にゾッとした。

なので最近は、極力アルフォンスのことを考えなくていいよう、積極的に他人の仕事を肩代わりし、頼まれもしないのに残業し、仕事に集中していたのである。

「ぐすっ……」

モニカは溢れる涙を手の甲で拭い、枕の下から金の懐中時計を取り出す。

(時計、どうしよう……)

彼の紋章が入れられた金時計など、この世にどれほどあるだろう。

返せと言われないまま、ずるずると思い出の品のように手元に置いてしまっていた。

何度かまばたきをすると、またぽろりと涙が押し出される。

むくりと起き上がって涙を拭く。

父に頼んで金時計を宮殿に持って行ってもらおうか。さすがに自分の手で返しに行く勇気はない。

「はぁ……」

ため息をつくと、時計が一瞬曇ってしまった。慌てて手の甲でそれをぬぐい、それからまた目を閉じる。

頬を伝う大粒の涙の感覚に、モニカは呆然と窓の外を見つめた。

夕日はアルフォンスの瞳の色に似ている。濃紺と赤が入り混じった美しい色。

空の色ひとつでアルフォンスを思い出して、胸が張り裂けそうになる。

失恋の悲しみを癒やす方法はなんだろう。なんでもいい。明日職場に行ったら、本を探してみよう。失恋の痛みを忘れられる方法があればかたっぱしから試して、アルフォンスのことを少しでも忘れられるよう努力するしかない。


職場の図書館で詩集やエッセイばかり借りていたら、周囲がなにかを察したらしい。

「モニカ、うちの兄なんてどうかしら」

「えっ⁉」

地下の書庫で本を整理していたところで、同僚であるシャーリーからいきなり言われて、あやうくひっくり返りそうになってしまった。

「どうって……？」

うろたえつつ本を書架に差し込むと、タイトルの上下がさかさまになっていた。慌ててそれをもとに戻す。

「言葉通りの意味よ。最近のモニカ変だから……」

「うっ……そんなに？」

直球で変と言われて、指摘がぐさりと胸にささる。

「仕事に支障がでてるわけじゃないけれど、元気ないし。よく恋愛に関するエッセイとか読んでるから……その、失恋したのかなって思ったのよ」

「ぐぅ……」

もう犬のようにうなることしかできないモニカは、恥ずかしくて穴があったら入りたい気分だ。だが今更否定したところでどうしようもない。

「まぁ……そうね。失恋、したんだと思う」

こくりとうなずくと、シャーリーが「まぁっ」と少しだけはしゃいだ空気になる。慌てて表情を引き締めていたが、ちっとも浮いた噂がなかったモニカの恋愛話に、はしゃいでいるのが伝わってきて、少し笑ってしまった。

シャーリーは銀行家の娘で、モニカと同じ四兄妹の末っ子だった。働く必要などないのに、あまりにも本が好きすぎて、父に頼み込み中央図書館で臨時職員として働き始めたのだとか。

ちなみにアルフォンスと会話を交わした最初のカウンター事件で、一緒にいた女性でもある。

「……どんな方だったの？」

シャーリーの言葉に、モニカは少し考えながら口を開いた。

「そうねぇ……星みたいな方だったわ」

さすがに名前も身分も明かせないが、このくらいはいいだろう。

見上げてみるだけの星に一瞬でも触れられた、そういう奇跡が自分の身に降りかかったようなものなのだから。

「まぁ、素敵……」

シャーリーはうっすらと頬を染めた後、にんまりと微笑む。

「タイプは全然違うけれど、私の兄は、仕事は真面目だし実直だし顔はそこそこだけど背は高いし、おっとりしてるし、夫として割とおすすめできると思うんだけど」

彼女の目は割と真剣である。どうやら本気で兄を推してくれているようだ。

「……ありがとう。でも私、仕事を辞める気はないのよ」

銀行家の妻は、決して図書館司書をしながらこなせるほど甘いものではないはずだ。

それを聞いたシャーリーはしゅん、と眉根を下げる。

「それはそうね、もちろんそうよね……結婚したら、女はそれがネックになってしまうのよねぇ……はぁ……」

シャーリーはため息をつきつつ「モニカと姉妹になれたら私が嬉しいのに～」とがっくりと肩を落とした。

「ありがとう。でも大丈夫だから。気にかけてくれてありがとう」

「じゃあ、せめて夜会だけでも顔を出さない？　兄の友人ばかりが集まる会だから、そんなに堅苦しいものではないのよ」

これまで何冊か読んだ本によれば、失恋を忘れるのは時間薬と新しい恋、というのが鉄板らしい。

（結婚したいとは思わないけれど……素敵な男性とお友達になるのはありかもしれない）

もう、失恋がまぎれるならなんでもいいとすら思っているモニカだ。

「そうね。お邪魔しようかしら」

こくりとうなずくと、シャーリーはパッと表情を明るくして、

「やった！　では約束よ」

とぱちんとウインクをする。

「ええ……」

己の失恋が同僚にバレていたと思うと、穴があったら入りたいくらい恥ずかしいが、気遣ってくれる友人というのはありがたいものである。

モニカはこくりとうなずいて、またせっせと手を動かすのであった。

それから改めて、シャーリーにリンデの海岸沿いにある大邸宅で行われる夜会の招待を受けた。迎えは馬車ではなく自動車で、しかもシャーリーの兄がハンドルを握っている。

彼は妹と一緒に邸宅から出てきたモニカを見て、はにかむように微笑み、

「シャーリーからいつも話を聞いています。ミス・モニカ。お会いできて光栄です」

と丁寧に挨拶をした。

彼はトマスといい、年はモニカの十歳上の三十二歳らしい。確かに背が高くて優しそうで、落ち着いた雰囲気が好ましい。青い目がチャーミングな紳士である。

シャーリーは顔はまぁまぁと言っていたが、とんでもない。普通に誰もが好感を持つに違いない端正な美男だった。

「モニカってこんなにきれいでかわいいのに、頭もいいのよ！　大学をとっても優秀な成績で卒業して、中央図書館の正職員になったんだから！」

シャーリーは我が事のように胸を張る。

「ちょっと、シャーリー……そんなこと言わないで。恥ずかしいわ」

慌てて彼女の腕のあたりを叩くと、トマスはくすくすと笑って自動車の後部座席のドアを開けてくれる。

「妹からもう百回は聞かされていますよ。大変な読書家で、あなたに聞けばなんでもわかると、

自慢されて」

「恐縮ですわ……」

過分な讃辞《さんじ》の言葉に、モニカは扇子で口元を覆い、ほほほ、と笑うしかなかった。

車は海沿いのホテルの前を通りぬけて、小高い丘の上の屋敷へと到着する。ちなみに生まれて初めて乗った車の乗り心地は悪くなかった。むしろ馬車よりも快適だったかもしれない。

そして到着した兄妹の実家は、さすが銀行家とでもいうべきか、とんでもなく贅を尽くした豪邸だった。

（私がおばあちゃんになるころは、貴族なんて半分は消えているかもしれないわね）

シュバリエの家名は、長女が従兄《いとこ》と結婚し息子を産んだことでとりあえず存続されるだろうが、百年後に貴族という制度が残っているのかは怪しいものだ。

（残ったとしても、名誉だけかも……）

アルフォンスは大公として、リンデをどう継承していくのだろう。

彼は自分よりずっと賢い男だ。帝国に留学していた彼は、幼いころからそのことに向き合って考え続けているに違いない。

とんでもない責任と負担だ。彼に頼れる人はいるのだろうか……？

（――って、ばかばか！　アルフォンスのことをまた考えて！）

モニカはぎゅっと唇を引き結び、奥歯をかみしめる。窓の外はすっかり日が落ちていて、美しいリンデの海が街頭に照らされて輝いていたのだった。


夜会には多くの人がすでに集まっていて、エントランスは大賑《おおにぎ》わいだった。

モニカはシャーリーとトマスに連れられてダンスホールへと向かう。

「今日のモニカのドレス、素敵ね」

シャーリーが目を細めてモニカのドレスを見つめる。

「少し前に三番目のお姉さまが送ってきてくださったの。まだ私を結婚させたがっていて、困った人だわ」

と、肩をすくめる。

今日のモニカは、ドレープがたっぷりの淡いピンクのドレスを身にまとっていた。アルフォンスから贈られたドレスもそうだが、昨今のドレスは体を締め付けないふんわりしたシルエットが流行らしい。そして首にはアルフォンスからもらった黒のチョーカーリボンを結んでいる。

アルフォンスのプレゼントを身に着けるのは正直複雑だが、自分でもびっくりするくらいよく似合うので、つい選んでしまったのだった。

「モニカ、私と踊っていただけますか?」

ホールにつくやいなや、トマスが熱っぽい眼差しで手を差し出してくる。

「わ、私とですか?」

思わず硬直してしまったが、シャーリーはパッと顔を明るくしてうんうんとうなずいた。

「兄さんはモニカが恋をした『星のような殿方』ではないかもしれないけれど、失恋には新しい恋よ！」

「シャーリー」

そこでトマスが咎めるような眼差しを妹に向ける。彼女はかすかに唇を尖らせて「だって」とつぶやいた。

トマスはかすかにため息を漏らし、それからモニカに向かって小さく頭を下げる。

「妹が申し訳ない」

「あ……いえ」

ゆるゆると首を振ると、トマスは低い艶《あで》やかな声ではっきりと口にする。

「妹が私たちをくっつけようとしていることはいったん置いておくとして、私はあなたとダンスを踊りたいと思っていますよ」

トマスは大人で紳士だった。妹の無礼を詫《わ》びつつ、ダンスを申し込むのは自分の意志だとはっきり口にしている。モニカに恥をかかせないように気遣ってくれているのだろう。それだけで好感度が高い。大人の男の振舞いだ。

（失恋の痛みは新しい恋なのは本当らしいし……）

シャーリーの兄ならおかしなことにはならないだろう。

「ありがとうございます」

アルフォンスへの気持ちを、一刻も早く消し去りたいのは事実だ。

モニカが手を伸ばしかけたところで、ホールの入り口でわあっと声が上がる。何事かと振り返ったモニカは、己の目を疑った。

どれだけ離れていても彼を見間違うはずがない。

そう――やってきたのは今モニカが絶対に、絶対に会いたくない男だった。

（アルフォンス……）

美しい蜂蜜色の髪がシャンデリアの光を反射して輝いている。

おそらくお忍びでやってきたのだろう。招待客は驚いたように顔を見合わせたり、はしゃいだように黄色い声をあげて大騒ぎだ。

だがモニカはダメだった。心臓がどきどきして眩暈がする。息を吸っても呼吸が苦しい。とてもここでダンスを踊れるメンタルなど持ち合わせていない。

（まさか、こんなところで会うなんて……）

もしかしたらマーガレット皇女と一緒かもしれない。

ふたりが並んでいるところなど、見たくない。モニカはじりじりと後ずさる。

「モニカ？」

トマスが声をかけてきたが、モニカはゆるゆると首を振った。

「……どうぞ、公子にご挨拶をなさってください」

「じゃあぜひきみも一緒に」

トマスはにこやかに微笑み、モニカをエスコートしたまま公子のもとへと向かってしまった。

（ああ～～……！）

心の中で悲鳴を上げたが、さすがに逃げられない。怪しいふるまいをしないだけで精一杯だ。

「公子」

「ああ、トマス。招待ありが……」

トマスの呼びかけに、アルフォンスが星屑に似たきらめきを振りまきながら振り返る。

そして彼の目がトマスの隣にいたモニカを見て、一瞬硬直した。

「モニカ、久しぶりだね」

「はい、アルフォンス公子」

アルフォンスの声はとても麗しかった。最初に出会った日から変わらない。

モニカはドレスの裾をつまんでカーテシーをすると、トマスの腕に自分の手をかけてにこやかに微笑んだ。

「公子とは先日、帰国後の舞踏会でファーストダンスの栄誉を賜ったんです」

「ああ、そういうことか」

トマスはにこやかに微笑んで、それからモニカの顔を優しく覗き込む。

「ではのちほど、私とも踊ってください」

「——ええ、喜んで」

声は震えなかっただろうか。ちゃんと笑えているだろうか。

モニカはうなずきながら、アルフォンスから目をそらしてトマスを見上げる。

「……」

トマスは一瞬戸惑ったように息を止めたが、返すようににこやかに微笑む。彼の瞳に熱がはらんだような気がしたが、気のせいだろうか。

それからアルフォンスの姿を発見した若い男女が、ぞくぞくと集合してきたところで、

「アルフォンス公子、両親が参りますので、別室によろしいでしょうか」

「あ、ああ……もちろんだ」

アルフォンスはトマスの声掛けでその場を離れることになった。

彼は肩越しに一度だけ振り返り、間違いなくモニカをその目で見つめた。

(見ないで……!)

その美しい瞳でこちらを見ないでほしい。リンデ公国の血を色濃く引く証である『ロイヤル・ヴァイオレット』は、人を魅了する力があるに違いないから。

「失礼します」

モニカは一礼し、そのままダンスホールを突っ切り、掃き出し窓からバルコニーへと逃げ、

そのまま身をひそめるように庭にある東屋《あずまや》へ向かった。

「はぁっ……」

ベンチに腰を下ろして一息つく。全身にどっと汗が噴き出して肌がしっとりと濡れているのを感じる。

（皇女殿下がご一緒じゃなくてよかった）

さすがにふたりが一緒にいるところを見てしまったら、耐えられない。

（適当に時間を潰して、トマスさんと踊って……そうしたら帰ろう）

何度も深呼吸を繰り返していると、波の音が耳に届く。眼下のホテルにはどんどん自動車が吸い込まれていく。

（カジノかな……）

モニカの父は、紳士のたしなみとしてカードくらいはやるが、ギャンブルには一切興味がない。なんでも若いころ、結婚前の母にプレゼントを買うお金がなく、バカラに手を出して、財布をすっからかんにしてしまったのだとか。母には振られずに済んだが深く反省したようで『自分にはその才能がまったくないから』とカジノに近寄らなくなった。

痛い目に遭う前に気づけないのかと思わないでもないが、若者特有の無鉄砲さというか、なぜか自分は『イケる』と勘違いしてしまうものなのだろう。

（そう思えば、私も勝手な憶測で『なんとかなるでしょう』と思いがちなところがあるわ……）

それが今、自分をひどく傷つけているのだが。

もし過去に戻れるのなら、好奇心でアルフォンスと寝ようとしている自分の頬をひっぱたいて『目を覚ませ！』と叫んでいる。

（でも私のことだから、同じ過ちを繰り返すんでしょうね……）

たとえ先がないとわかっていても、アルフォンスは魅力的な男だ。たとえ一時に過ぎなくても、自分は彼に恋をすることを選ぶのだろう。

そんなことをうすらぼんやり考えていると、吹きすさぶ海風に吹かれて、むき出しになった肩や背筋がひんやりと冷たくなった。

「っ……くしゅっ」

モニカの唇から小さなくしゃみが飛び出る。

リンデは夏が短く冬は長いが、実はそれほど寒くはない。基本晴天が続く温暖な気候で、世界各国の富裕層の別荘地になるのも、当然の過ごしやすさだ。

風のないところに移動しようかと、手袋をつけた手で裸の肩をさすっていると、

「きみはこんなところに隠れていたのか」

と、麗しい声が響く。

「っ……!?」

驚いて振り返ると、背後にアルフォンスがいた。

天から降り注ぐ月光を浴びて、きらきらと地上に舞い降りた星のような男が、かすかに息を乱しながら立っている。

「あっ……」

モニカはベンチから腰を浮かし、じりじりと後ずさったが、

「待って。話がしたい」

慌てたアルフォンスは早口ながらよく響く声で、モニカを呼び止めた。

「……私には、公子とお話しする理由などありません」

ぽつりとつぶやくと、彼は少し困ったように眉根を寄せる。

（ああ……もしかして公子は、私とまだ『お友達』でいたいと思っているんだろうか）

確かに自分たちは親しい友達のようにふるまって、一線を越えた。だが普通は交わるはずのないふたりでもあり、友人でいられるような間柄でもない。

アルフォンスは何度か唇を開き、閉じ、そしてまた開く。

「すまない。でも、きみに話しておかなければならないことがあるんだ」

そして彼はベンチの背もたれに両手を置いて、まっすぐにこちらを見つめた。

こんな態度をとられてしまったら、いろいろと勘違いしそうになるのに。

彼が自分に会いたがっていたと、期待なんかしたくない。

モニカは大きく息をのみ、立ったまま目を伏せる。そしてゆっくりと口を開いた。

「お話というのは……もしかして、私に謝罪しようなどと思われているのでしょうか」

「――え?」

モニカはへらっと笑って、首を振った。

「だって、すごく緊張した顔をなさっているから」

そう、ここにいるアルフォンスはどこか思いつめたような表情をしている。

彼は自分と寝たことを後悔しているのだ。

モニカは唇を震わせながら言葉を続ける。

「謝罪だけはやめてください。確かに宮殿の図書館を利用できるというご提案は、本好きにとってこれ以上ないものでしたが、ただそれだけではありませんでした。そんな私の気持ちを、あなたから否定されたくないのです」

モニカはドレスの裾をぎゅっとつかみ、ドレスのポケットからアルフォンスの金時計を取り出し、彼に向かって差し出した。

「これ……長く持っていてすみませんでした」

「――」

ベンチの向こうに立っていたアルフォンスはぴくりとも動かなかった。

なのでモニカは時計をベンチの上に置く。アルフォンスはひどく傷ついた顔をしながらも、金時計を手に取った。

「失礼いたします」

ドレスの裾をつまんで一礼し、くるりと踵《きびす》を返す。

その瞬間、

「ほかの男と踊るのか⁉」

アルフォンスが叫び、それからガタンと、何かが倒れる音がした。

驚いて肩越しに振り返った次の瞬間、アルフォンスがベンチをひらりと飛び越えてすぐ背後に迫ってくる。

息をする間もなく、モニカの体は背後から強く抱きしめられていた。

「あっ……」

強引な抱擁にかかとが浮く。彼の太い二の腕がモニカの体に巻き付き、上質な香りが漂う。

「公子っ……」

大きな声を上げることもできず、じたばたと身をよじったがびくともしなかった。

「公子と呼ぶのはやめてくれ」

彼はモニカの首筋に顔をうずめ、低い声でささやいた。

その相手を飲込むような冷たい口調に、モニカは絶句する。

「――この数週間、ずっときみのことを考えていた」

「え……？」

「きみと一夜を過ごしたあと、夜が明ける前にベッドを抜け出して宮殿に戻った。本当は朝まで一緒にいたかったけど、僕たちは恋人ではないし……。きみには未来があって夢があって、僕にはなにもない。未来には責任と重圧と苦労しかないから。そんなことに付き合わせるのは、間違っていると思った」

「――」

アルフォンスはすべてを投げ出すように、声を引き絞る。

「でも、忘れられなかった！　愛し合って体を重ねたわけではないって、自分に何度も言い聞かせたけれど、ダメだった……！　きみとかわしたくだらないおしゃべりや、日の光で透けるきみの栗色の髪や、ひとつになったとき、まつげの上に残っていた涙が頭から離れない……！」

アルフォンスはすうっと息をのみ、それから身を引き絞るようにして叫ぶ。

「だから、決めるよ。僕は、きみがいい！」

アルフォンスはふたりの夜を後悔していると思ったのに、そうじゃなかった。その瞬間、モニカの全身を甘い稲妻が貫く。

苦しくて、いっそ彼のことなど忘れたいと思っていたのに、アルフォンスが自分を離れがたいと思ってくれていたことが嬉しくて、唇が震える。

だが同時に、そんなことを言われてもという恐怖が駆け上がってきた。

彼の妻になるということは、夢を捨てることだ。なにより次期大公と何の権力もない子爵令嬢の自分が、結ばれるなんてありえない。ハッピーエンドなど無理に決まっている。

「で、でもっ……」

「伴侶を自分で選べと言ったのはきみだ！　だから僕はきみを選ぶ！　モニカは僕を狂わせた責任を取れよ……！」

アルフォンスは駄々っ子のように叫び、モニカの顎を背後から持ち上げ覆いかぶりながら口づけたのだった。

「っ……！」

頭ひとつ背の高いアルフォンスにかかえるように抱きしめられたモニカは、指一本動かせなかった。

いや、動かす気がなかったのかもしれない。

アルフォンスに逃げ場を奪われ、激しく情熱をぶつけられて、涙が出るほど嬉しかった。歓喜に胸が震えて、頬は上気し全身がびりびりと電流が流れているかのように痺れている。

「あ、んっ……」

アルフォンスの唇がモニカの小さな唇を強く吸い、舌をねじ込んで口内をかき回す。唾液を流し込まれ、舌を吸われてぴりぴりと痛みを感じ、眉をひそめたがアルフォンスは止めてくれなかった。

「ん、むぅ、んっ、ふぅっ……んっ……」

鼻にかかったような甘えた喘《あえ》ぎ声が頭の中で響く。彼の大きな手がオフショルダーのドレスの中に割り込んで、モニカの白い乳房をつかむ。強引に揉みしだきながら、指の腹でモニカの乳首をつまみ、こすりあげた。

「あっ……」

思わず声を漏らしたところで、アルフォンスが唇を震わせながら耳元でささやく。

「トマスと寝たのか」

「え……?」

今日初めて会った男性の名前を出されて、モニカはぽかんとしてしまった。

「確かにあいつはいい男だよ。恋人としても夫としても、非の打ちどころはないだろう。でもだめだ。きみは僕のものだ……ほかの男になんか渡さない……!」

そのままもつれるようにベンチに体を押し付けられる。

「ま、まってっ……」

なんだかいろいろ誤解があるような気がする。

モニカは慌ててアルフォンスのたくましい胸を押し返すが、残念ながらびくともしなかった。

それどころかアルフォンスはモニカの両方の手首を片手でやすやすとつかむと、そのまま縫い付けるようにベンチに押し付ける。

「……公子っ」

「――」

彼はモニカの呼びかけなど耳に入っていないようで、ふーっ、ふーっと熱のこもった息を吐きながら燕尾服《えんびふく》のベルトに手をかけた。だが片手ではうまく外れないようで、じれったそうに唇をかむ。アルフォンスは目の前のモニカを『見て』いない。

その瞬間、モニカの中でなにかがプツン、と切れた。

「アル！　いいかげんにして……！」

モニカは強い口調で叫びながら、勢いをつけてアルフォンスのたくましい胸に向かって頭突きを繰り出す。狙ってやったわけではないが、それは見事に急所にクリーンヒットして、アルフォンスが声にならない声で前かがみになる。

拘束が解かれ上半身を起こしたモニカは、さらに右手を振りかぶり、腹を押さえたアルフォンスの頬を張り飛ばしていた。

ばちーん！　といい音が響いて、手のひらがじんじんと痛くなる。

だが相変わらず頭はカッカしていたので、モニカはベンチから降りてアルフォンスに向かって大声を上げる。

「嫌がる女性を強引に暴こうなんて、恥ずかしくないんですか⁉　さっきから自分の気持ちばかり押し付けて！　私の気持ちはどうでもいいの⁉」

「――」

頬を張られたアルフォンスは、言葉なく凍り付く。

ほんの数秒、モニカはその場にたたずんでいたが、結局アルフォンスと話す気になれず、そのまま身をひるがえしていた。

あんなに会いたいと思っていたのに、なぜこんなことになったのだろう。

(だめだ、とりあえず冷静にならなくちゃ……)

いったん距離をとるべきだと、そのまま帰ろうとしたところで、

「待って！」

アルフォンスが声をあげた。

「……いかないで」

その声はとても小さかったけれど、モニカの耳にしっかりと届いた。振り返ると、しょぼくれたアルフォンスの姿が目に入る。

「アル……」

「モニカ……ごめん。ごめんね……」

彼はベンチに座ったまま顔を上げたが、すぐにがっくりとうなだれる。

体は大きいが、雨に打たれた子犬のように寂しそうだ。

萎れた彼の様子に、モニカも次第に冷静さを取り戻す。頬を張り飛ばしてしまった自分がものすごく悪いことをした気がして、申し訳なくなった。

「……もう、こんなことはしないで」

震える声でそう告げると、彼はこくりとうなずき、手を伸ばし、だらんとしていたモニカの指の先をきゅっと握った。

それはまるで、大人に置いて行かれまいとする子供のようで、胸の奥が痛いほど締め付けられる。

「僕は……きみと話していると、公子じゃなくて、そのへんにいる普通の男と同じような気がして、心が休まるんだ。じゃあ友達でいいかっていうと……それだけじゃなくて……」

アルフォンスはかすれた声で言葉を続ける。

「こんなことをして信じられないかもしれないけど、今思えば最初から、好意を持っていたんだと思う。きみと寝たとき幸せだったけれど……朝が来たら、もう二度とこんな気持ちは味わえないんだって思ったら、とても辛かった……」

そしてアルフォンスはゆっくりと顔を上げ、唇を震わせる。

「モニカ……きみの人生の選択肢の中に、僕も入れてほしい。なにがあっても、守るから。きみに誠実であることを誓うから」

モニカの手を握るアルフォンスの指は、ひんやりと冷たく震えていた。

「好きだよ、モニカ。だからお願い。僕から逃げないで……！」

緊張しているのだろうか。

この、誰よりも美しい男が。

なぜ、自分のような平凡な女を求めるのか、正直自分にそこまでの価値があると思っていないモニカは、少し戸惑いがあるのだけれど――。

（ああ……でも。これがきっと『恋』なんだ）

どう考えても順風満帆とはいかない、障害だらけの恋。

モニカは握られた手をそっとほどく。

アルフォンスがビクッと体を震わせたのに気が付いて、慌てて彼の手をしっかりと握り返した。

自分の意志で、あなたの手を握ったと分かってもらいたかったから。

「モニカ？」

驚いたように彼が顔をあげる。月の光に照らされて、彼はどこか不安そうに見えた。

（そういえば、前もこんな顔をしていたわ）

けれど今ならわかる。誰よりも強く美しい人なのに、アルフォンスは孤独なのだ。

すべてを手にしているように見えて、ごく普通の友人とのふれあいや、両親に愛され慈しまれた経験が薄すぎる。

それは彼の努力ではどうしようもないことで、ある意味不幸なのかもしれない。

モニカは繋いでいないほうの手で彼の頬をそっと撫でる。

「叩いてごめんなさい」

「全面的に僕が悪いから」

「痛かった?」

「きみの信頼を失ったと思って、苦しくなったよ。一瞬で死にたくなった。……まだ、やり直せる?」

アルフォンスはちょっとだけ、ぎこちなく微笑んだ。

その瞬間、モニカはがつんと頭を殴られたような衝撃を受けた。

「私、あなたが好きです」

ずっと心の奥底に押し込めていた言葉が、ぽろりと口をついて飛び出していた。

「えっ」

「あなたが結婚するって知った時、本すら読めなかった」

「けっ?? え??」

アルフォンスが目を白黒しているが、モニカは自分の気持ちを説明するのに精いっぱいで、異変に気づかないまま言葉を続ける。

「……あなたと関係を結ぼうと決めたとき、物語の中にある恋のような、恋というものをしてみたいなんてのんきに思った自分を、本気で呪いました。こんな思いをするくらいなら、全部忘れてしまいたかった。時を戻せたらよかったのにって……」

モニカは子供のように唇を引き結びながら、繋いだ手に、指に力を込める。

胸に押し寄せるのは後悔だろうか。それとも不安だろうか。わからない。

そもそもこの恋が、うまくいくとも信じ切れない。自分が大公妃の器だとも思えない。

苦労する未来しか見えないというのに――。

「でも……だめだった……私の夢も、未来も、全部、あなたにあげてもいい……そのくらい、あなたを好きになって、しまったっ……うう～……っ……どうしようっ……！　すき、好きですっ……うう～っ……」

言い切った瞬間、モニカの目からぽろりと涙がこぼれた。

そう、どんなにもう駄目だと、自分の気持ちをなかったことにしようとしても、忘れられない。消し去ることなど絶対にできない。

モニカはアルフォンスに恋をしている。間違いなく、彼を思っている。

「……っ……うっ、あっ……」

のどの奥がうっと締まって、目の奥が熱くなる。

泣きたくなんかなかったのに、涙が押し出されてどんどんと零《こぼ》れ落ちた。

頬を伝う涙が、顎の先に集まって、ぽたりと落ちる。

「すっ……すきよ、アルッ……。わた、わたしもっ、あなたのそばに、いたい……」

たどたどしく思いを告げた次の瞬間、アルフォンスの腕が伸びて腰を抱き寄せられる。

「あっ……！」

バランスを失った体はよろめいたが、しっかりと抱き留められて転びはしなかった。

アルフォンスはモニカのお腹《なか》に顔をうずめて、無言でぎゅうぎゅうと抱きしめる。

「……アル？」

おそるおそる名前を呼び、肩に手をのせる。だが彼は相変わらずなにも言わなかったので、モニカはアルフォンスの頭を優しくなでながら、ゆっくりと上半身をかがめた。

「アル……なにか言って。恥ずかしいから……」

男性に自分の思いを告げたのは生まれて初めてで、彼が自分を好いてくれているのはわかったが、それで恥ずかしさが消えるわけではない。

「——僕は」

「え？」

「僕は、きみといるときの自分が、一番好きなんだ」

きみといるときの自分が一番好き。

そう言われた時、モニカはどんな愛の言葉よりも喜びを感じた。

（そんなことを言われたら、また泣いてしまうじゃない……）

唇を震わせながら、モニカはふっと微笑む。

「アル……体が熱い……」

抱きしめられてはいるが、しがみつかれているような雰囲気で。

むしろ今はモニカが彼を抱きしめている。

腕の中のアルフォンスは、まるで燃えているかのように熱かった。

ぴったりと重なる体の熱を逃がしたくなくて、モニカはさらに腕に力を込める。

「僕を熱くするのは君だけだ。ずっと、これからも……」

そしてアルフォンスは抱きしめていた手を緩めて、顔を上げる。

「好きだよ、モニカ」

彼の言葉にモニカは無言でこくりとうなずき、それから前かがみになって唇にキスを落とす。

一瞬だけ触れ合った唇はすぐに離れたが、追いかけるようにアルフォンスがベンチから立ち上がりモニカを抱き寄せる。

「ほかの男とは踊らないで。僕だけのきみでいて」

「――はい」

モニカも体当たりするようにぶつかり、背中に腕を回し、強く、これ以上なく強く、抱きしめたのだった。

第六章　秘密の恋人

こうして次期大公と子爵令嬢の恋路は、秘密裏に始まった。

モニカが愛するものは本と家族と平穏な日常だが、そこに美しい次期大公が加わった。

図書館か、アルフォンスの母の別宅と限られた場所でしか会えなかったが、モニカに不満はまったくなかった。

「えっ……マーガレット様は、アルが呼んだのではないの？」

図書館の地下で本の整理をしていたモニカは、アルフォンスの言葉に目を丸くする。

「正確に言えば違う。マーガレットから少しの間、故郷を離れたいという連絡が秘密裏にあったから、僕からの招待ということでリンデに招いたんだ」

「そう、だったの……」

「彼女の周辺も、いろいろゴタゴタがあるようだから。距離を取って考えたいことがあったんだろう」

書架にもたれてモニカの仕事ぶりを見ていたアルフォンスは、ふと思い出したように目を見開いた。

「それで、僕が結婚するって思ったのか」

「――うん。すごくショックで……それで私、アルのことが好きなんだってわかったの」

物語でよく描かれる主題ではあるが、『失って初めて気づく』というのは本当のことらしい。

「モニカ……」

アルフォンスは体の前で組んでいた手をほどき、ゆったりした動作でモニカの背後に立ち、後ろから抱きしめてきた。

「ちょっ……仕事中ですから……」

思わず身をよじったが、

「地下には誰も来ないだろ」

アルフォンスは彼の武器のひとつでもある麗しい声でそう告げると、すりすりとモニカの肩口に自分の顎をうずめる。

「今後も、新聞やタブロイドは、売るためにあることないこと書き続けるとは思う。でも説明できることは全部話すから、まずは僕の言葉を信じてほしい」

「はい」

こくりとうなずくと同時に、ウエストに回ったアルフォンスの腕に力がこもる。

「とりあえず、今度、秘密裏にモニカの実家に行こうかな」

「えっ⁉」

「せめてきみのご両親には話しておきたいんだ……僕たちのこと」

アルフォンスは小さな声でそうささやいて、唇を引き結んだ。

「マーガレットと僕が結婚するなんてありえないけど、世間はそう思っているだろ？　正直、隠《かく》れ蓑《みの》になっているから助かっている部分もあるけど、そのせいでモニカに我慢を強いたり、不安にさせたくない。大事なのはきみだから」

彼は言葉通り、モニカに誠実に向き合おうと努力してくれているのだ。

「アル……」

肩越しに振り返ると、彼のすみれ色の瞳と視線が交わる。

古い貴族である両親に、自らモニカとの関係を打ち明ける。

実質モニカの両親に言質を取られることになるわけだが、恐ろしくはないのだろうか。

（ううん……怖いのはきっと私のほうだわ）

アルフォンスはモニカとの将来を本気で考えてくれているが、モニカはいまいちそれを信じ切れていない。アルフォンスが嘘をついているとかそういうことではなく、無理だろうと、はなから諦めているのである。

そのくせアルフォンスと別れるという選択もできない。

（ばか！　私の弱虫毛虫！）

臆病者の自分を心の中でののしりながら、当然のようにキスをしてこようとするアルフォンスの額を、指でぱちんとはじく。

「いてっ！」

「仕事中だって言ったでしょう。邪魔するならお帰りください」

「僕の恋人って、まじめすぎる……」

アルフォンスは額を手のひらで押さえながら唇を尖らせ、それからふと思い出したように顔を近づけた。

「そういえば、いつから図書室に顔を出す？」

「え？」

一瞬なにを言われたかわからなくて、きょとんとしてしまった。アルフォンスがそれを見て、くすっと笑う。

「言っただろう。きみを専属管理司書に指名するって」

「……それ、まだ有効だったんですか」

彼への恋心を自覚した時点で、モニカの中では『なかったこと』になっていた。

「ここの館長に頼んでおくよ。きちんと仕事として依頼する。じゃないと、きみによからぬ噂が立つかもしれないし」

「……わかりました」

きちんと公的な仕事として任命してもらえるらしい。まさかの展開ではあるが、あの図書室に出入りできる権利は死ぬほど嬉しい。

モニカはきゃーと叫びたい気持ちを押し殺しつつ、

「ありがとうございます、司書として誠心誠意頑張りますっ！」

ぐっとこぶしを握り締めたところで、

「きみ、本が絡むと見たことがないような笑顔になるよね……」

と、呆れたような拗《す》ねたような表情になる。

「すみません、本が好きなので」

「僕よりも？」

「――や、えっと」

本とアルフォンスは比べるような存在ではないので、一瞬言《い》い淀《よど》んでしまった。

「即答してよっ！　僕が好きだって言って！」

口ごもるモニカを見て、アルフォンスは駄々っ子のように叫ぶと、笑ってそのままモニカを抱きしめる。

「す、すみません……わざとではなくて」

確かに逆の立場だったら、恋人には自分がなによりも一番好きだと言ってもらいたい気がする。たとえそれが比べるようなものではなくても、大事な存在なんだよと口に出してもらえるだけで、気持ちは安らぐのだから。

「私にとって、男性はアルだけ……好きです。ほかのなによりも」

「うん……まぁ、なら許す」

アルフォンスは拗ねたようにうなずきながら、特別に甘い声でモニカの耳元でささやく。

「これからも僕のそばにいて。ずっとだよ」

「――はい」

先のことはなにもわからないけれど。彼が自分を求めてくれる限りは、そばにいよう。

モニカもそう心に誓いながら、アルフォンスの背中を抱きしめたのだった。

それから間もなくして、モニカに正式に『王宮図書館専属管理司書』の辞令が下りた。週に一度リンデの宮殿に出勤し、膨大な図書の管理と目録を作るのがモニカに与えられた仕事である。

図書館の同僚たちからは、

『すごい！　大出世だ！』

『目録を作るなんて最高に楽しいじゃないか』

『もしかしてアルフォンス様にお会いできる⁉』

『双子姫様たちも⁉』

と、わいわい言われたが、

『仕事第一です。王族の方とお話しするような機会はないと思います』

と、きっぱり言い切った。

モニカは館長から任命書を受け取ったときに、絶対に職務を一番にしようと決意している。

恋人であるアルフォンスと接触するつもりもない。

彼と恋仲になってしまった今は、職権乱用と取られかねない。任命したアルフォンスに要らぬ噂が立たないよう、より一層気を配る必要がある。

「――なので、私が仕事をしている間は、話しかけたり顔を見に来ないでくださいね」

勤務初日、さっそくウキウキしながら王宮の図書室に顔を出したアルフォンスに釘《くぎ》を刺すと、彼は信じられないと言わんばかりに息をのみ、ふらふらと後ずさった。

「週に一度きみの顔を見られるのを、楽しみにしてたのに……」

「宮殿内にはたくさんの人の目があります。公子とふたりきりになっているところを見られたら、言い訳できません。そうしたら私は、もう二度とここには来られないと思います」

「――」

表情をこわばらせているアルフォンスを見て、モニカはうつむいた。

「わかって、アル……そうするしかないの」

本当はモニカだってアルフォンスの顔を見たい。一言でも言葉を交わせたら、それだけで嬉しい。だがアルフォンスとの関係はまだ始まったばかりで、先のことはなにもわからないのだ。なによりも慎重になる必要がある。

「……わかった」

アルフォンスはこくりとうなずいて、体の前で腕を組む。

「じゃあ、会いたいときは妹たちを連れてくるよ。ふたりきりじゃなかったらいいだろ？」

「……姫様たちが、ご一緒なら」

モニカはそう言ってうなずいたが――いてもたってもおられず、体当たりするようにアルフォンスに抱き着いていた。

「アル……かわいくないことを言って、ごめんなさい……私のこと嫌いにならないで」

「ばか！　嫌いになんかなるわけないだろ！」

アルフォンスは慌てたようにモニカを抱きしめる。

「好きだよ……きみが好きだ。自分でも怖いくらい……きみが愛《いと》しい。いつもかわいいなって思ってるし、触れたいし、抱きしめたい……キスしたいし、食べてしまいたいって思ってる」

アルはかすれた声でささやきながら、ぐっと二の腕に力を込めた。

「アル……」

この人が好きだ。始まったばかりの恋を大事にしたいと思っている。そう思うと同時に、なにもかもかなぐり捨てて、目の前の恋に溺れたいと思う自分も存在するのだ。

(でも、そんなことをしてしまえば、身の破滅だわ)

家族に迷惑をかけるだけでなく、アルフォンスの輝かしい未来にどんな影響を与えることになるか。ひたすら身を引き締めなければならない。

「アル、ありがとう。その言葉だけで、私頑張れるわ」

するとアルフォンスは軽くため息をつき、

「いや、僕が……きみに夢中なあまり視野が狭くなっているんだと思う……。ごめん。冷静にならなきゃな」

組んでいた腕をほどいて、モニカの前髪をかき分けて額にキスを落とす。そして公務があるからと、後ろ髪をひかれる様子で図書室を出て行った。

ちょっとした挨拶でしかないはずの『またね』が、ひんやりとした風となってモニカの胸の隙間を通りぬけていく。

「アル……」

彼がいなくなると、急激に心細くなる。大好きな図書館で素晴らしい本に囲まれているというのに、世界でひとりぼっちになったような気がする。

こんな時間がいつまで続けられるのだろうか。

「……弱気になるのはよそうっ」

モニカは己の頬をぱちんと両手で叩くと、大きく深呼吸して本の整理に戻る。

無心になれる仕事があるのはいいことだ。暇で仕方がなかったら、きっとろくでもないことを考えているだろう。

（秋は虫干しの季節だものね……前準備もしておかないと）

そんなことを考えながら、黙々と仕事をこなしていると、しばらくして、ぎい、と音を立ててドアが開く音がした。

梯子《はしご》に登っていたモニカは、いったい誰だろうとドアのほうへと視線を向ける。

するとそこに、春風で作ったような美しい女性が姿を現して、モニカは仰天してしまった。

「マーガレット様……？」

「そこにいるのは誰っ⁉」

名前を呼ばれた彼女は驚いたように顔をあげる。モニカは慌てて階段を下りて、皇女に向けて膝を折り、挨拶をする。

「今日から司書として働くことになりました、モニカ・フォン・シュバリエと申します」

「今日から……司書……？」

彼女は付き人すらつけておらず、ひとりで図書室にやってきたようだ。モニカを見て怪訝《けげん》そうに眉を顰《ひそ》める。

「はい。普段は中央図書館の職員として働いておりますが、出向という形で週に一度、こちらで働かせていただくことになりました」

「――そう」

マーガレットは少し困ったように目を伏せて、それから顔を上げてモニカを食い入るようにじいっと見つめる。

「週に一度、決められた時間だけなのね？」

「はい。次に私がここに来るのは、来週のこの時間です」

「わかりました。仕事の邪魔をしてごめんなさい」

マーガレットはこくりとうなずき、そのまま図書室を出ていく。

（本は見ていかないのかしら……図書館は本を読む場所なのに）

顔を合わせないので好きに過ごしていただいて構わないのだが、やはり他人が同じ空間にいるのは、気が休まらないのかもしれない。

モニカは「申し訳ございません」と謝罪しつつ、彼女を見送ったのだった。

王宮の図書館に通うことになったモニカは、誰の目から見ても文句がつけられないよう、至極真面目に働いた。大量の図書、資料の整理、目録の作成はやりがいがあった。

若い娘にたいした仕事はできないだろうと懐疑的だった文官たちも、モニカの仕事ぶりを見て評価を改めたようで、

『中央図書館を辞めてうちで働けばいいのに』

と、冗談めかして誘ってくるようになったほどである。

さらにアルフォンスの双子の妹姫たちとも、仲良くなった。

彼女たちはアルフォンスが公務でいないときもふたりセットでやってきて、モニカが仕事をしている横で本を読んだり、他愛《たあい》もないおしゃべりをし、数週間後にはお茶会に招待してくれるようになった。

「モニカ。クッキーを召し上がって」

「私たちの手作りなの。お父様もお兄さまもお菓子を好まれないから、作り甲斐《がい》がないのよ」

「ありがとうございます。いただきます」

午後のお茶に招待されたモニカは、仕事をいったん休んで、彼女たちが生活する離宮の庭でお茶をいただいている。

短い夏が終わり、秋の気配が近づいている。

（虫干しのために風通しのいい日陰を探しておかないと……）

モニカはクッキーを口に運び、もぐもぐと咀嚼して驚いた。

姫様たちの退屈を紛らわすための手慰みとはいえ、ナッツのクッキーは香ばしく美味だった。

「とってもおいしいです」

少し渋めの紅茶を飲み、彼女たちのそわそわした視線に笑いながらそう答えると、

「本当？」

「うふふ。やったわね」

双子姫たちは顔を見合わせて嬉しそうに微笑んだ。

まるで合わせ鏡のように、双子の姫たちは瓜二つ《うりふた》だった。一応色違いのピンクとブルーのリボンで差別化を図っているらしいが、たまにリボンの色を入れ替えて、大人をからかうこともあるのだとか。

モニカも四姉妹ではあるが、双子というのはまたまったく違うものなのだろう。

アルフォンスは妹たちを溺愛している。大好きな彼が心より大事に思っている女の子たちだ。当然モニカも彼女たちを慈しみたいと思うし、楽しそうにおしゃべりしているのを見ているだけで、温かい気持ちになる。

ぽやぽやと、すっかり気を抜いてふたりを見つめていると、

「ところでモニカは、兄さまと恋人なの？」

「結婚を考えているの？」

いきなり爆弾を投げ込まれて、息が止まりかけた。

「げほっ！」

のんびりとお茶を飲んでいたモニカは、慌ててハンカチで口元を抑えて椅子から腰を浮かす。

バレた？　アルフォンスが話した？　いや、まさかそんなはずがない。

「えっ⁉　な、なんで、そんな、そんなわけっ……」

全身から血の気が引いて、目がチカチカする。

「モニカ。そんなに目を白黒しないで。気づいているのは私たちだけよ」

「そうそう。モニカを見つめる兄さまのお顔を見て、もしかして？　って思っただけだから」

双子姫はうんうん、とうなずいたあと、

「でもやっぱりそうだったんだ～！　きゃあっ！」

と、はしゃいだようにお互いの手を握り合い、体をゆすった。

「ねぇ、ふたりはいつ恋に落ちたの？」

「舞踏会で踊ってからなの？」

今にもダンスを踊りだしそうなテンションである。

だがモニカはそれどころではない。かすかに震えながら、きゃっきゃしている姫君たちを見つめる。

「姫様。このことが知られては、もうここで働けません……」

本当は『そんな関係ではない』というべきだが、この双子姫たちの観察眼を今更誤魔化せるとも思えない。

ぶるぶると震えるモニカを見て、はしゃいでいた双子姫たちは慌てたように首を振る。

「やだ辞めないでモニカ！」

「私たちは応援してるんだからっ」

双子たちの発言に、モニカは首をかしげる。

「応援……ですか？」

彼女たちはお互いの顔を見つめ、反省するようにしょぼんと眉を下げる。

「モニカは兄さまを見る目が血走ってないし、優しいし。そうだったら嬉しいな～って、思ってたのよ」

『目が血走ってない』には笑ったが、どうやら純粋な好意らしい。

モニカは薄く笑いながら、目を伏せる。

「ありがとうございます。まさか姫様たちからそのように思っていただけているとは、想像していなくて」

すると彼女たちはパッと表情を明るくして、うんうんと力強くうなずく。

「だって、あの誰一人特別扱いしない兄さまが、自分のテリトリー内に入れている女性だもの」

「私たちにとっても、特別だわ」

テリトリー内という発言にひっかかったモニカは、少し言葉を選びながらおそるおそる尋ねる。

「あの……マーガレット皇女は、いかがお過ごしですか？」

図書館司書としてやってきた初日に挨拶を交わしたが、彼女とはそれっきりだ。

　双子姫はお互い顔を見合わせた後、モニカの意図を汲み取って軽く肩をすくめる。

「マーガレットも悪くはないけど……ねぇ？」

「兄さまと身分は釣り合うけど、ねぇ」

　と、どこか含みがある会話だ。

「ちなみに皇女は、いつまでリンデに滞在されるんでしょうか」

　アルフォンスにその気がないとはいえ、彼女がどう思っているかはわからない。むしろマーガレットのほうがアルフォンスと結婚したいと思っているかもしれない。もしそうだったら、次期大公のアルフォンスがその申し出を拒むのは難しいだろう。

「リンデは冬が長いから、その前には戻るんじゃないかしら」

　双子姫は時折、鏡でも覗き込むようにお互いの顔を見合わせながら、口を開く。

「おかしな話なんだけど、マーガレットって、兄さまと距離を詰めようという感じはしないのよね。兄さまが留学していた時の学友ばかり集めて、サロンで交流しているだけだし」

「不思議よねぇ」

「目的はなんなのかしら」

　双子たちは己の考えを咀嚼するように言葉を重ね、それから頬杖をついてモニカを見つめる。

「でも、一国の皇女が意味もなくリンデに来たとは思えないわ」

「気を付けてね、モニカ」

「は……はい」

どう気を付けたらいいのかはわからないが、彼女たちの言葉は当然だろう。

なにがあってもおかしくないのだと、モニカは気を引きしめつつうなずいたのだった。


そんな日が続いたある日の休日。人手が欲しいと文官から連絡があり、急遽《きゅうきょ》彼らの仕事を手伝うことになった。

「来てもらってそうそう悪いけど、書庫から、五年前の納税証明書を持ってきてもらえないか」

「わかりました」

モニカは台車を借りひとりで書庫へと向かった。ちなみに書庫は図書室と隣接している。書庫の鍵を開けて、必要な書類を選別して台車の上に積んでいく。

そしていざ書庫を出ようとすると、隣からガタガタと大きな音が聞こえた。

「……図書室かしら」

モニカは台車を廊下に止めたまま、図書室へと向かいドアをゆっくりと押し開けた。

「どなたかいらしゃいますか？」

だが図書室はしん、と静まり返っていて、返事はない。

図書室を利用するのは、基本的に宮殿内の人間だけだ。人間なら返事をするはずなので、まさかネズミでもいるのだろうか。

ネズミは最悪だ。貴重な本をかじられたりしたら大変なことになる。モニカはドアをあけ放ったまま、周囲を見回した。

眼鏡があればよかったのだが、執務室に置いてきてしまったので、よくわからない。とりあえず、モニカは足音を立てながら周囲を歩きまわり、なんの反応もないことを確認して、図書室を出る。

（一応ネズミがいるかもって、お伝えしたほうがいいかもしれない……）

そしてまた台車を押しながら、文官たちが待つ執務室へと戻り、ネズミの話をした。

モニカの報告を聞いて、文官は険しい顔になり、

「また猫でも飼うかなぁ～……」

とため息をつく。

なんでも昔は、宮殿内ではネズミ捕りのために猫が複数飼われていたらしい。

「亡くなられた大公妃様が大の猫嫌いでね。今は一匹もいないんだ」

「そうだったんですか……」

アルフォンスは猫は好きだろうか。彼自身がちょっと扱いにくい猫のような男なので、案外気が合うのではないかとも思う。それに宮殿内で猫が飼えたら妹姫たちも喜ぶだろう。

「ネズミの件は上に報告しておくよ」

「はい。では失礼します」

モニカはぺこりと頭を下げたところでふと思いだした。

「あと、以前から相談していた虫干しなんですが、私の次の出勤日に天候が悪くなければやりますので、よろしくお願いいたします」

「わかったよ。手伝えることがあったら言ってくれ」

「ありがとうございます」

一応頭を下げたが、さすがに激務の文官たちの手をわずらわせるわけにはいかない。おそらく自分ひとりでやることになるはずだ。

(虫干しもいっぺんにやらなくていいしね。まず特別貴重なものだけ先にやろう。『エイヴァ』の初版とか……)

そんなことを考えつつ、皆の手伝いに戻る。

(猫、飼い始めたら私も触らせてもらえるかしら)

シュバリエ領の屋敷では、猫も犬も飼っている。働き始めてから領地にはあまり帰れなくなったので、久しぶりにあの温もりが懐かしくなった。

(アルフォンスのこと……撫でたいな)

仕事中、顔を合わせることがあってもふたりきりの時間などもてない。むしろ極力自分の気配を押し殺しているくらいである。

彼の柔らかい金髪に指を絡ませる妄想をしながら、モニカはまた一心不乱に書類整理に励むのだった。

そうしていつものように目録を作成していたある日のこと。

「結構、同じ本が複数あるのね……」

つい先日、貴重な『エイヴァ』も初版以外に版を重ねたものが存在することに気づいたモニカは、初版をほかの稀覯本と一緒に別の場所に戻し、保存した。もしかしたら歴代の王族の方々が、気に入った本を追加してしまったのかもしれない。

（私設図書館だものね～……王族からしたら、家の本棚感覚なのかも）

くすっと笑いつつ、テーブルの上の本を一冊ずつ確認し、万年筆を走らせていたところで、テーブルの上に影が落ちる。

何事かと顔を上げると、そこにはひどく厳しい顔をした軍服姿の男たちが三人立っていた。

「あの……なにか？」

心臓がドキンと跳ねる。戸惑いながらもペンを置き、椅子から立ち上がった。先頭に立っていた男が、モニカに向けて重々しい態度で書類を開く。

「モニカ・フォン・シュバリエ嬢。あなたを窃盗容疑で身柄を勾留する」

そこには間違いなく、被疑者としてモニカの名が記されていたのだった。

第七章　濡れ衣

　モニカを拘束したのはリンデ王宮内の警護を担当する軍人部隊だった。訳も分からぬまま男たちに後ろ手に手錠をかけられ、強引に馬車に乗せられる。途中文官たちともすれ違ったような気がするが、周囲を屈強な男たちに囲まれたモニカは、彼らに助けを求めることもできなかった。

「せ、窃盗って、どういうことですか⁉」

　一緒に馬車に乗った中年の男に尋ねると、モニカの必死の様子を見て、面倒そうにため息をつく。

「聴取は軍本部で行います。うかつな発言があれば、貴族とはいえ余計な罪が増えますよ」

「っ……」

　こちらをまるで尊重する気配のない冷徹な言い回しに、モニカは息をのみ、唇を引き結ぶ。

（怖い……）

　心臓がバクバクと跳ねて、手のひらがしっとりと汗ばんでいた。眩暈がするが、ここで倒れてはもっと恐ろしいことが起こりそうな気がして、必死に奥歯をかみしめる。

（わからない……いったいどういうことなの……私が窃盗？　なにを盗んだって言われているの……⁉）

身に覚えのない窃盗容疑にモニカはひどく混乱していたが、馬車が無機質な軍本部に到着するやいなや、強引に肩を押され、窓もない部屋に押し込まれる。

「取り調べは一時間後に行う」

ガシャンと鉄のドアが閉まり軍人はあっという間に姿を消してしまった。

モニカは弾けるように身をひるがえし、ドアを両手で叩く。

「待ってください！　私がなにを盗んだっていうんですか⁉　全然身に覚えがないんです！」

だがモニカがいくらドアを叩いても、叫んでも誰もなにも答えてくれなかった。

喉が嗄れ、手が内出血で紫に染まる。

「なんで……どうして……っ……」

モニカにとってはすべてが青天《せいてん》の霹靂《へきれき》で、悪い夢でも見ているような気になる。

（でも……私を拘束したのは、間違いなくリンデの軍憲兵だわ）

モニカが誰かに間違われたわけでもないし、宮殿内に足を踏み入れモニカを拘束した彼らが、偽物であるはずがない。

だが、なにがなんだかさっぱりわからない。全身から血の気が引いて、うまく息が吸えない。

頭もぼんやりして、夢ならば今すぐ覚めてほしいと心から祈るばかりだった。

そうやってしばらく冷たい床に座り込んでいると、

「聴取を行います」

と、また別の軍人が姿を現した。床に座り込んで呆然としているモニカの腕をつかみ、強引に立ち上がらせると、隣の部屋へと連行する。小さな椅子とテーブル、そして窓のない部屋だ。

「座ってください」

モニカは屈強な男たちに、押さえつけられるように椅子に座らせられる。押さえつけられるだけで骨がきしみ悲鳴をあげるが、モニカは必死で唇を引き結び、叫びだしたい気持ちを必死に押し殺す。

(叫んで泣いたところで状況がよくなるはずがない……)

恐怖に負けた自分の心が壊れるだけだ。冷静に、心を落ち着けよう。

モニカは必死に呼吸を整えながら、口を開いた。

「私はなにを盗んだ罪で拘束されているのか、教えてください」

「心当たりがないとでも？」

正面に座った軍人が、万年筆で書類をトントンと叩いている。

「ありません。私は与えられた仕事をあの場でこなしていただけです。法に触れるような行為は行っておりません」

「ふん……女風情が仕事とは」

軍人が馬鹿にしたようにぽつりと口にする。その瞬間、モニカの目の前が怒りで真っ赤に染まった。

「今の発言、取り消してください！」

反射的に言い返していた。

「は？」

「それは、私を送り出してくれた中央図書館に対する侮辱です。謝罪を要求します！」

「貴様ッ……！」

逮捕されておいて、逆に謝罪を求めるモニカの態度に、頭に血が上ったらしい。

軍人は椅子から立ち上がり、持っていた書類を机にたたきつける。

「お前には、リンデ王家所蔵の稀覯本窃盗容疑がかけられている！」

「え？」

一瞬、頭をハンマーで殴られたような衝撃を受けたが、そんなこと絶対にあるはずがない。

「私が、本を盗む⁉　あり得ません！　私は図書館員ですよ⁉」

物語を愛し、詩を好む、ただの本好きだ。

「本が好きでこの仕事に就いたんです！　なぜ大事な本を盗まないといけないんですか！」

「好きだから盗んだのだろう！」

軍人は呆れたように、もう一度テーブルを手のひらで叩くと、紙をくるりと回して万年筆を突きつける。

「さっさと認めてサインをしろ、そうすれば釈放してやる！　こちらとしても王宮内のことで、問題を大きくするわけにはいかないからな！」

その一方的で頭ごなしな物言いに、

「――いやです」

モニカはグッと拳を握りしめ首を振った。

「本を守り、保存し、残していくのが私の仕事です。私は、絶対に、大事な本を盗んだりしない……！」

眼鏡の奥の瞳は涙で潤んでいたが、それは恐怖ではない。怒りだった。

もしこれが本以外の窃盗容疑だったら――モニカは泣いて震えて、訳も分からぬまま、脅されてサインをしたかもしれない。

この恐ろしい場から出ていけるなら、どんな不名誉も受け入れただろう。

だが『本を盗んだ罪を認めろ』と言われるのだけは、絶対に嫌だった。

モニカにとって本は人生だ。

たかが娯楽といえばそれまでかもしれないが、物心ついた時から物語を愛したモニカにとって、盗んでもない本を盗んだと言われるのは、己の人生を裏切ることでもある。

絶対に、絶対に、死んでも嫌だった。

「貴様ッ……」

軍人の顔が怒りでみるみるうちに赤く染まっていく。机の上で拳を握り締めている。

怖い。殴られるかもしれない。

過去何百年も侵略の危機にさらされながらも、なんとか独立を保っているリンデの軍隊の規模は信じられないほど大きい。貴族出身の軍人もいるが少数派閥で、大多数がそうではない、生粋の軍人である。

彼らはリンデ大公と国を守る軍人として、己の職務に誇りを持っている。だから敬愛するリンデの財産を盗んだはずの小娘に対して、あり得ないほどの敵意を持つのだろう。

ひゅーっ、ひゅーっ、と喉からおかしな息が漏れる。こめかみが激しく脈を打って目眩がする。

この状態で殴られたら死ぬかもしれないな、なんて思ったところで、遠くから大勢の人の声と足音が聞こえてきた。

「――っ、公子っ……！」

「このようなことをされては――」

「公子が容疑者にお会いになるなど――！」

次の瞬間、バァン！　と音を立ててドアが開き、黄金のきらめきが飛び込んでくる。

「あっ……」

モニカは息をのむ。

流星のように姿を現したのは、アルフォンスだった。

いつもは美しく整えられている金髪はあちこちに飛び跳ね、肌寒くなった秋だというのに、陶器のようななめらかな肌が汗で濡れていた。

彼は肩で息をしながらふらふらと歩いてきて、椅子に座っているモニカを視認した瞬間、そのすみれ色の瞳を大きく見開く。

「……モニカ」

彼の声はかすれていたが、誰も彼の声を聞き漏らすことはなかった。

モニカを見張っていた軍人たちははじかれるように立ち上がり、壁際に並んで敬礼をする。

「公子、取調室に足を踏み入れるなど……！」

遅れて入ってきた中年の男の胸には、多くの勲章がぶら下がっていた。

「いったいどこの誰が、彼女を拘束する逮捕状を出した？」

アルフォンスはテーブルの上の書類を手に取り、さっと目を走らせる。

「署名は署長、あなたのようだが。彼女は僕が中央図書館に頼みこんで、臨時図書館司書として雇った職員だと知ってのことか？」

「――え？」

アルフォンスの発言に、署長と呼ばれた中年男性が頬を引きつらせた。

「本が盗まれたとあるな。『エイヴァ』……ああ、知ってる。あれは確かに図書室にあった本だが……その本が図書館から消えて、彼女の家から出てきたとでもいうのか？」

署長は目線をうろうろとさ迷わせながら、卑屈に頭を下げる。

「いや、その……王宮内で本が盗まれたという証言を得て、当事者に話を伺いたいと……」

署長は滝のような汗を流しながら、しどろもどろになっている。

アルフォンスは、すーっと息を吸い、吐いてを繰り返し、逮捕状を持っていないほうの手で、椅子の上に小さく座っているモニカの肩を、抱き寄せた。

「モニカは、僕がもっとも信頼する図書館員のひとりだ。本を盗むなどあり得ない」

当たり前のように信じてくれた。

モニカの喉がきゅうっと締まる。

その事実がモニカの張りつめた心を優しく包み込んで、鼻の奥がつん、と痛くなった。

先ほどは怒りの涙だったが、今は違う。優しくされて、緊張がほどけたのだ。

怖くてたまらなかったはずなのに、もう大丈夫なのだと、安心していいのだと分かって、抑え込んでいた恐怖心が一気に爆発四散した。

「～～ッ……」

モニカはこみあげてくる嗚咽《おえつ》を必死で呑み込みながら、子供のようにアルフォンスの腰のあたりに顔を押し付け、涙を吸い込ませる。

そんなモニカの動揺が伝わったのか、肩を抱くアルフォンスの手に力がこもる。

「死ぬまで図書館に自由に出入りできるモニカには、わざわざ本を盗む理由がない。そもそも彼女が盗んだという証拠は？　目録を作っているのは彼女だぞ。ちゃんと調べたのか？」

アルフォンスは涼やかな声でそう言いながら、モニカの肩を手のひらで撫でる。

「いや……。そもそも管理者であるモニカが、王宮の本を盗んだと軍に連絡してきたのは、誰だ」

「そ、それは私も直接お伺いしたわけではなくっ……」

噴き出す汗をハンカチで拭いながら、署長は今にも崩れ落ちそうだった。

「知っているなら署長でなくてもいい」

アルフォンスがつぶやき、壁に並んでいる男たちに視線を向ける。

だが署長やほかの軍人は、気まずそうに視線を合わせるだけで、誰も口を開こうとはしない。

（あぁ……このままだんまりかな）

これ以上、状況がよくなるとはとても思えなかった。これも組織というものの世知辛さだろう。モニカが諦めの境地に入った次の瞬間、アルフォンスはカッと目を見開き、声を荒らげたのだった。

「お前達の主は誰だ‼　言え‼」

アルフォンスの声が雷鳴のごとく響く。

その瞬間、男たちは雷に打たれたように敬礼し、

「イエス・マイ・ロード！」

と叫びながら、かかとを鳴らす。署長が観念したように、口を開いた。

「まっ……マーガレット皇女殿下からの……ご相談、でした！」

マーガレット皇女殿下。その名を聞いた瞬間、モニカは頭が真っ白になった。

それはアルフォンスも同じのようで。

「マーガレット？」

眉根をひそめ、それから署長を見て、ああと納得したようにうなずく。

「……そういえば、貴君の妻は帝国貴族だったな。その伝手《つて》か」

アルフォンスはすうっと目を細め、それから敬礼したままの軍人たちを一瞥《いちべつ》する。

それはほんの数秒の間だった。

「長く国を離れていたせいか……。よりにもよって帝国に内政干渉を許すとはな。次期大公として……僕は己の不出来を心から恥じている」

アルフォンスの口から出た発言に、軍人たちがわなわなと唇を震わせて、一斉にひざまずく。

（ああ……私を逮捕することは、アルのメンツをつぶしたことと同義ってことに、気が付いた

んだ……！）

モニカを逮捕するきっかけとなった証言の出所がマーガレット皇女ということになると、問題はこれで終わらない。思った以上に大変なことになるのかもしれない。

モニカは呆然としながら顔をあげようとしたが。アルフォンスにぐっと抱き寄せられて、彼がどんな顔をしているのか、確認することはできなかった。

「マーガレットのことはこちらで処理する。この一件、他言無用だ。もし万が一、外に漏れるようなことがあれば……ここにいる全員、子々孫々までリンデでは生きていけないと思え」

「はっ……」

青ざめるを通り越して、真っ白になった男たちは、深くうなだれる。

アルフォンスは硬直したままのモニカの背中と膝裏に手をあてて、軽々と抱き上げると、長い廊下をまっすぐに進んでいく。

「巻き込んで……すまなかった」

アルフォンスは苦悩に満ちた声でそうささやくと、形のいい唇を引き結んだまま、モニカを自宅に送り届けるまで、一言も口を開くことはなかったのである。

いきなりやってきたアルフォンス次期大公と、憔悴《しょうすい》した様子でアルフォンスに抱かれているモニカを見て、両親はひどく驚き言葉を失っていた。

硬い表情をした公子の顔を強張《こわば》ったように見つめ、玄関エントランスで立ち尽くしている。

「経緯を説明しますので、お時間をいただけますか」

アルフォンスの硬い声音からなにかを察したモニカは、アルフォンスを見上げる。

(私は、聞いてはダメなのかしら……私も、知りたいわ……)

おそるおそる顔をあげると、こちらを見下ろすアルフォンスと目があう。

「きみは今、ひどい顔をしている。休んだほうがいい」

アルフォンスはモニカを自室のベッドに押し込み、目にもとまらぬ速さで毛布をかけ、子供にするようにとんとんと叩くと、両親と三人で別室に行ってしまった。

大丈夫だから私も話をしたいと必死に伝えたが、とりつくしまもなかった。

「……私のこと、仲間外れにして……」

仕方なく、ベッドの中から必死に耳を澄ませたが、両親とアルフォンスの声は次第に遠くなり、そのうち聞こえなくなった。

彼はモニカの両親に、おそらく今日あったことを説明するのだろう。

「はぁ……」

一時的とはいえ、娘が軍に拘束されたと聞いたら、どれほどショックを受けるだろうか。両親の心境を思うと、申し訳なくてたまらない。

(仕方ない。私は私のわかる範囲で、問題を整理しよう……)

モニカはため息をついて、毛布の中に潜り込み、目を閉じる。

まずマーガレット皇女が、モニカが本を盗んだと証言したこと。もちろん盗んでいないが、そもそもなぜそんな罪をでっち上げられたのだろうか。

（私が邪魔になった……？）

皇女が自分を排除しようとするなら、その可能性が一番ありうるとは思うが、しっくりこない部分もある。

もとより皇女はアルフォンスと自分の関係を知らないはずだ。そしてアルフォンスもマーガレットとの間には、なにもない。彼が言うには、マーガレットは言い寄るどころか、アルフォンスとは一定の距離を保っているらしい。

最初にその話を聞いたときは『本当に？』と疑いの目を向けてしまったが、アルフォンスは『きみだけには、嘘をつかないと決めている』と答えたので信じることにした。

そう、彼は告白してくれた時にモニカに約束してくれた。

モニカに対して、誠実である、と。

それは嘘をつかないことであったり、不安にさせないために言葉や態度を尽くすことで、事実アルフォンスの気持ちを疑ったことは一度もない。

双子姫が同席している場でしか会えなくても、寂しいと思うことはあれ、アルフォンスにああしてほしい、こうしてほしいなんて、思ったことはなかった。

この恋がいつまで続くかはわからないが、アルフォンスを困らせたくなかったし、彼の前では最大限に努力して、たとえ誰に知られるわけでなくても、アルフォンスにふさわしい、自慢の恋人でいたかった。

『あなたと一緒にいて、何一つ不満なんてない』

そう言って恋人の頬を撫でると、アルフォンスはなにか言いたそうに口を開けたり閉じたりして、それでもモニカの手をぎゅっと握って愛おしそうに手のひらに口づけしてくれる。

目を伏せたアルフォンスの金色のまつ毛は、いつだってきらきらと輝いていて、モニカは自分が世界で一番美しい宝物に触れていると思ってしまう。

それだけでもモニカは充分幸せなのだ。

（たぶん……私は、この恋がいつまでも続くって、信じてないんだろうな）

一応貴族の末席にいるとはいえ、次期大公の妻になれる身分ではない。リンデは経済大国で、大公一家はいわばこの国のシンボルだ。

後ろ盾がないモニカなど、まったくもってお話にならないのである。

初めて体を重ねた相手で、友人でもあるモニカを特別に思ってくれているのはわかるが、今まで読んできた恋物語のように、うまくいくなんてとても思えなかった。

（でも、アルは、優しいからなぁ……）

きっと彼は、モニカを捨てるような真似《まね》はできないだろう。だからしかるべき時がきたら、自分が身を引くしかない。

枕に顔をうずめていると次第に泥のような眠気が押し寄せてくる。

この一件で、自分たちの関係がまた変わるかもしれない……。

そんなことを考えながら、モニカはゆっくりと眠りの中に落ちて行ったのだった。


翌朝、自然と目を覚ますと時計の針は出勤時間を過ぎていて、全身から血の気が引いた。

「どうして起こしてくれなかったの～‼」

目覚まし時計はかけていたはずなのに、なぜか鳴らなかった。

慌てて身支度をし、食堂にいる両親のもとに駆け付けると、

「昨日、目覚ましは止めておいたの。お仕事は行かなくていいのよ」

と、母に言われてモニカは硬直してしまった。

「え?」

もしかして首になったのか、と頭が真っ白になる。

「座りなさい」

そんなモニカの動揺を感じ取ったのか、母の隣でお茶を飲んでいた父が、落ち着いた様子でカップをソーサーの上に置く。

「あ……はい」

モニカが椅子に座ると、メイドがモニカの前に紅茶を注ぎ、食堂を出て行った。

親子三人だけの空間だ。正直言って、プレッシャーでどうにかなりそうだが、黙っていても仕方がない。

「……昨日のこと、公子はなんて？」

「お前が宮殿内のゴタゴタに巻き込まれて、窃盗の濡れ衣を着せられたこと。軍に連行されたこと。そのことに気づいた公子がすぐにお前を追いかけて、保護してくださったこと」

「そ、そう……」

「そしてお前が、公子の秘密の恋人だということまでだ」

それ以上の全部だった。もう少し適当に誤魔化してくれるかと思ったが、彼が『嘘をつかない』と宣言したのは、モニカの両親にまで範囲が広がってしまったようだ。

父の顔は完全に強張っていたが、モニカはいたたまれなくなって視線をさまよわせる。

「公子はもったいなくも、私たちに頭を下げられたよ。報告が遅くなって申し訳ないと」

「それは……」

父の発言に、頬のあたりがぴりぴりするのがわかる。

アルフォンスからいつかモニカの両親に話したいと言われていたが、のらりくらりとかわしていたのは自分だ。

「それは、私のせいだと思う。私が……嫌がっていたから」

両親に嘘をついてもしかたない。モニカは膝の上でぎゅっとこぶしを握り締めつつ、顔を上げた。

「公子は最初から誠実だった。なのに彼の申し出を拒否していたのは、私です。本当に、悪いのは全部私です」

モニカの発言を聞いた両親は顔を見合わせ、それから深くため息をつく。

「お前を責めるつもりは微塵もないよ。公子がモニカを見初めるとは……その、お目が高いなと思ったが」

父がふざけて肩をすくめる。

気遣ってくれているのだろう、母も同じように笑ってうなずく。

「そうよ。もう、拘束されたって聞いた時はひっくり返りそうなくらい、驚いたけれど……その後、公子からモニカを大事に思ってくださっているって聞いて、その百倍は驚いたわ」

「ふふっ……危うくお母さんの心臓を止めるところだったわね」

モニカの軽口に母が口元に手を添えて笑う。

両親は娘たちをこよなく愛してくれるが、やはり古い貴族だ。叱られると思い込んでいたモニカにとって、若干肩透かしではあったが、おそらくアルフォンスがうまく両親に説明してくれたのだろう。

確かめなくてもわかる。アルフォンスはそうやって、周囲に気を配る人だから。

(そうよ……アルはいつだって自分を削って、周囲に気を配って……)

ふと、取調室でアルフォンスが口にした言葉を思い出す。

『次期大公として……僕は己の不出来を心から恥じている』

帝国の皇女が軍を動かし、リンデ貴族を逮捕した——というのは、その事実だけ抜き取ればまさに内政干渉だ。そしてアルフォンスはそれを自分の『罪』にした。

彼はさぞかし自分を責めたに違いない。

無言で唇を引き結んでいると、

「少しの間、私たちと一緒にシュバリエ領に戻ろう」

『戻らないか?』ではなく『戻ろう』という父の言葉に、背中がひやっと冷たくなる。

「で、でも……仕事が」

言い訳をするように口を開いたのは、王都を離れたくなかったからだ。

「図書館での仕事は、休職扱いにしてくださるらしい。少し落ち着くまで、お前には王都から距離をとってほしいとおっしゃっていた」

父の言葉に、モニカの喉が、ひくっと震える。

『落ち着くまで』とはいつだ。一か月でも半年でもない、曖昧な時間に、戻れない予感がして泣きたくなる。

だがアルフォンスがそう両親に告げたのだろう。

だからこれは提案ではない。命令だ。

次期大公の命令にリンデ貴族が逆らえるはずがないし、実際問題、王都を離れていたほうがいいのはわかっている。

「うん……わかった」

うなずくと同時に、目からぽろりと涙が零れ落ちた。慌てて涙をぬぐうと、母が立ち上がりテーブルを回ってモニカの肩を抱く。

「大丈夫よ、モニカ……大丈夫」

「公子は必ず迎えに来てくださるよ」

「う、うんっ……ひっ、グスッ……」

両親の言葉に子供のように肩を震わせながら、モニカはそのまま母の胸に顔をうずめる。

自分はここにいないほうがいい。アルフォンスの足手まといにはなりたくない。

あの人の足をひっぱって、彼の将来に影を落とすくらいなら、死んだほうがましだから。

しっとりと濡れていく母のデイドレスから甘い匂いがする。

二十歳もとうに過ぎた大人のはずなのに、子供のころ、些細なことで母の腕の中で泣いていたことを唐突に思い出した。

（ああ……私は大丈夫……家族が支えてくれる……ひとりじゃない）

アルフォンスはどうだろうか。

大公は体調を崩しがちで、もう何年も病床についている。

年の離れた妹がふたりいるが、彼女たちは守られる存在だ。アルフォンスは決して、双子姫たちを不安にさせることはない。

ひそかに心の頼りにしていた半分だけ血が繋がった兄は、リンデではなく自分の国を愛している。だからアルフォンスはいつだってひとりだ。きっとひとりで、この問題を解決して、そして何事もなかったかのように、いつかモニカを迎えに来てくれる。

それでいいのだろうか。

第八章　あきらめない

シュバリエ領はすっかり秋めいていて、牧歌的な景色が広がっている。

庭には落ち葉がたくさん振って、歩くたびにかさかさと音を立てた。

「モニカ〜！」

声のしたほうを振り返ると、母が屋敷の前で大きく手を振っている。

午後の散歩はモニカの日々の日課なので、よほどのことがない限り母は自由にさせてくれるのだが、わざわざ呼び立てるということは、なにか用事があるのだろう。

「今行くわー！」

大きな声で返事をし足早に屋敷へと近づくと、午後の緩やかな日光に黒いなにかが反射しているのが見えた。車だ。艶々とした黒いボディに銀色のホイールが輝いている。こんな田舎に車なんて珍しい。

シュバリエ邸は小高い丘のてっぺんになるので、村内を車が走るのを見たのだろう。周囲を見回せば、子供たちが目を輝かせながら遠巻きに眺めているのが見えた。

車のそばに長身の男が立っていて、母と話をしている。目を凝らしてハッとした。

「あれは……」

慌てて丘を駆け上がると、彼が振り返って微笑む。

「ひさしぶりだね、モニカ」

「トマスさん……！」

思ってもみなかった来客は、なんと同僚シャーリーの兄で銀行家一家のトマスだった。紳士らしい装いで、さりげなく羽織ったコートまで上質だ。傷一つないシューズが車に負けないくらい光り輝いている。

「えっ、なぜここに……？　えっ⁉」

意味が分からないモニカは、あわあわしながらトマスに駆け寄るが、彼はかぶっていたハットを軽く持ち上げて、母に丁寧に会釈した。

「お嬢さんと散策させていただいても？」

「ええ、もちろんですわ。今、シュバリエ領は紅葉が美しい時期ですから、息抜きになればよろしいんですけど」

母は穏やかに微笑んで、いまいち状況が呑み込めていないモニカに目線を向ける。

「モニカ、ご案内して」

「あ……はい。こちらです」

モニカは小さくうなずいて、それからトマスを連れ立って歩き出す。

サクサクと落ち葉を踏みながら、モニカは隣の長身の男を見上げた。

銀行家ともなれば日々の仕事はかなりの激務だろう。シュバリエ領には派手なものはなにもないが、そのなにもなさが逆に癒やしになるかもしれない。

「えっと……少し歩いたところに湖があるんです。天気がいいと、紅葉が湖に反射してとてもきれいなんですよ」

「それは見てみたいな」

「ぜひ！」

モニカは少し速足になりながら、湖に続く小道を進んだ。

目的の湖はすぐに到着した。思った通り、澄んだ湖に赤や黄色の葉が写り込み、きらきらと輝いている。毎日見ても見飽きない、美しい景色だ。

王都で働いている間はあまり故郷に帰ることができなかったので、不本意な形とはいえ故郷の良さを再認識できたのはよかったと思う。

モニカは隣に立っていたトマスを見上げながら「どうですか？」と尋ねる。

トマスはかすかに目を細めて、

「確かに美しいですね。想像以上だ」

とうなずいた。そして胸元から白いハンカチを取り出し、中を開けながらこちらに差し出す。

アルフォンスと出会ったばかりの頃に渡された、金時計だった。

「どっ、どうしてそれを?」

「うちの屋敷の中庭の、ベンチの下に落ちていたんですよ。紋章を見て、公子にお返ししようとしたら、『それはモニカにあげたものだから、渡しに行ってほしい』と」

「え?」

一瞬、なにを言われたのかわからなかった。頭が真っ白になって喉がひゅっと締まる。

金時計は、モニカがアルフォンスに返したはずだ。

アルフォンスはとりあえず受け取ったはずだが、そういえばベンチの上に置いたような気もする。双方かなり感情的になっていたので、そのまま忘れてきてしまったのだろうか。

「で、でも、あの、えっと……」

モニカは口ごもる。トマスが本当のことを言っているかどうか、わからない。

もしこれがアルフォンスを陥れるための罠《わな》だったら?

双子姫や両親は仕方ないとしても、これ以上アルフォンスとの関係を他人に知られるわけにはいかない。時計を受け取ってはいけない。それが正解。

だから、なにかの勘違いだと口を開きかけて——。

「ありがとう、ございます」

モニカは時計を受け取っていた。

それを見て、トマスがふっと笑う。受け取ったのが意外だと思ったのかもしれないし、その逆かもしれない。モニカは顔を上げながら、はっきりと口にした。

「あの人が差し出したものは、全部受け取ろうと思っているんです。だから……」

「以前、シャーリーがうっかり漏らした『星のような殿方』はアルフォンス公子のことですね」

「っ……」

トマスの発言に、息が止まりかける。

「あ、あの」

するとトマスはクスッと笑って、安心させるように首を振った。

「ほかの誰にも話していません。大丈夫。安心してください」

トマスは穏やかに微笑んで、湖を眺めながらゆっくりと歩を進める。

「金時計をあなたに渡してほしいと言われて、公子も人の子なのだと思いました」

「え……？」

いったいどういうことかと首をかしげると、トマスは上品に笑って肩をすくめる。

「彼は私を牽制《けんせい》したんだ。あなたは自分のものだと」

「けんせい……牽制……えっ⁉」

思わずその場で体をビクッと震わせるくらい、驚いてしまった。

そんなモニカを見て、トマスはくすくすと笑いながら言葉を続ける。

「公子も普通の男なんですね」

完全無欠の美貌の次期大公は、それなりに親しい友人からも『普通ではない』と思われているのだろう。

（そんなの……変だわ）

モニカにとって、アルフォンスは普通の男性だ。

悩み、苦しみ、恋だってする。ただ表に出さないままひとりでリンデを背負っていく覚悟を持っている、普通の男性だ。

いや、本当はそれができる人など少ないのだが、それでも彼が常人でないように扱われるのは悲しい。だがそれをトマスに言ったところで仕方ないのだろう。

モニカの心の中で燦然と輝く、星のような恋人、アルフォンス。

彼の柔らかくて傷つきやすい部分を知っているのは、自分だけなのだ。

「――私は、アルといるととても心が落ち着くんです。生まれも育ちも、身分も……なにもかも違う人なのに……不思議と、彼といつだって繋がってるって思えるんです」

返してもらった金時計を胸に押し当てる。

離れていて不安がないと言えば嘘になるが、時計を抱くと不思議と離れている不安が和らぐ気がした。

「公子が羨ましいな。私もあなたとそうなりたかった」

トマスは軽やかにそう言い放つと、それからは何事もなかったかのように、面白おかしく仕事の話をし、本好きなモニカのためか好きな作家の新作について語り、屋敷の前に駐車していた車に乗り込んだ。

「トマスさん、遠くまで来てくださって、ありがとうございました」

「いいえ。こちらこそあなたに会えてよかった。なにかあったら連絡してください。シャーリーとともに友人として力になります」

彼のまっすぐな善意に胸が詰まる。

「あっ……ありがとうございます……」

にじむ涙をこらえながら頭を下げたところで、トマスがエンジンをかけながら、

「そうそう、公子からの手紙を母君に預けていますよ」

と、いたずらっ子のように微笑んだ。

「えっ……手紙っ⁉」

まさかトマスが手紙まで預かっているとは思わなかったモニカは、その場で思わず飛び上がってしまった。

「先に言わずにすみません。あなたとゆっくり話がしたかったので、意地悪をしてしまいました。では、またいつか」

彼はさわやかに微笑みながら、車を発進させる。

モニカは慌てたように、

「ありがとうございます！」

と声をあげ、手を振った。

トマスは意地悪なんかじゃない。紳士で優しい、素敵な人だ。アルフォンスと出会わなければ、彼と恋をしたかもしれないなんて想像するほどに。

トマスの車がうんと遠くなるのを確認して、慌てて屋敷の中に戻る。

「ママッ……お母様っどこ⁉　手紙、手紙を預かってる⁉」

わぁわぁと叫びながら声を出すと、応接室から、

「ここよ～」

と母ののんびりした声が返ってくる。

「てがみ……っ……」

モニカは応接室に飛び込み、のんびりとお茶を飲んでいる母から、真っ白な封筒を受け取った。封筒を裏返すと、差出人のところに『A』とある。

間違いなく、アルフォンスだ。

頬が緩むのを感じながら、「部屋で読むね！」と叫び、急いで階段を駆け上がった。

引き出しからペーパーナイフを取り出し、封を慎重に切って四隅がきちんと重なった便箋を

取り出した。震えながらゆっくりと開くと、鼻先をふわりといい匂いがかすめる。

鼻を近づけると、インクの香りに交じってアルフォンスが使っている香水の香りがした。

「アル……」

胸がいっぱいになって苦しい。単純に彼が恋しかった。会いたい。彼に触れたいし、触れられたい。トマスには『いつだって繋がっている』と言ったが、寂しくないわけがないのだ。

モニカは何度も手紙を抱きしめた後、大きく深呼吸をしてから手紙を読む。

親愛なる僕の恋人モニカ
きみがシュバリエ領に旅立ってからひと月だね
見送りに行けなくてすまなかった
休職の理由については『はやり病の静養』ということで通っている
宮殿内で起きた出来事だったから文官たちはあの日の出来事を知っているが
モニカを悪く言う人間はひとりもいない　ひとりもだよ
それはきみが自分の仕事で彼らの信頼を勝ち得たからだ
みな口々に『早く帰ってきてほしい』と言っているよ
僕の恋人はすごいだろうと誇らしく思うと同時に
そのことを誰にも言えないことが今はたまらなく寂しい

「アル……」
寂しい、という単語に胸が詰まった。
私もそうだよ、とつぶやきながら手紙の先を読み進める。
そしてマーガレットについて
『エイヴァ』を盗んだのはモニカだと証言したのは事実のようだ
だがきみが作ってくれた目録のおかげで
初版の『エイヴァ』は指定の場所で確認が取れている
きみにはなんの罪もないと証明されている
だがマーガレットに『なぜ嘘をついた』と尋ねても
彼女は『盗まれたと思った』としか答えない
怪しすぎるだろう？
彼女には秘密がある
なにかを隠している
事実が判明するまでは、美しいきみの故郷で僕のことを待っていてほしい
すべてが解決したら必ず迎えに行くからね

君の恋人　アル

美しい筆跡で書かれたアルフォンスの文字は、モニカに直接話しかけているような優美さがあった。懐かしさに胸がぎゅうっと押しつぶされそうになる。

「アル……」

涙をこらえ、何度も手紙を読み返し、彼の筆跡を指でなぞりながらモニカは唇をかみしめ、そして決意した。

リンデに戻ろう――と。

シュバリエ領に戻ってからずっと考えていたことだが、アルフォンスからの心のこもった手紙を読んで、その思いは一層強くなった。

「……ごめんね、アル……」

迎えを待ってなんかいられない。私はあなたをひとりにしたくない。

モニカは強い決意を胸に秘め、机からレターセットとペンを取りだしたのだった。

それから一週間後。モニカは小さなトランク片手に、リンデ王宮の離宮の一室にいた。

（来てしまった……）

モニカは唇を引き結びつつ、ソファーに座っている。

リンデに到着したのは日が落ちてからだが、窓の外はとっぷりと日が暮れていた。

大きな置時計がちくたくと針を刻んでいる音をじいっと聞いていると、無限の時が流れているような気がするが、応接室に通されて二十分ほど経過している。出された紅茶は唇を濡らす程度しか飲めなかった。

(自分で決めてやってきたのに、やっぱり緊張してるわ)

何度も深呼吸を繰り返していると、しばらくして、廊下の向こうからドドドド……と激しい足音が聞こえる。

「あっ……」

どうやら会いたい人たちが来られたようだ。慌ててソファーから立ち上がったところで、バァン！　と激しい音を立ててドアが開き、ピンクとブルーのドレスを着た少女がふたり、飛び込んできた。

「「モニカ〜‼」」

ふたつの声がユニゾンで響き、体当たりをするようにモニカに左右から飛びついてくる。

「わあっ！」

モニカはふんばりつつふたりを抱き留めると、そのままぐりぐりと肩におでこを押し付けてくる双子姫の背中に腕を回した。

「おひさしぶりです、姫様」

「ちょっと〜！　おひさしぶりだなんて軽く言わないでちょうだい！」

「死ぬほど心配したんだからっ‼」

双子姫は若干涙目になりつつ、わあわあと叫びながらモニカをぽかぽかとこぶしで叩いた後、ぎゅっと抱き着いてくる。

本当に彼女たちが自分を心配してくれたことが伝わってきて、モニカは涙目になりながら頭を下げた。

「なんのご挨拶もできず……領地に戻ってしまったこと、お許しください」

シュバリエ領に戻ると決めたとき、手紙の一通でも送ればよかったのだが、打ちひしがれていたモニカはそこまでの余裕がなかったのである。

「いいのよ、モニカ。そんなこと気にしないで」

「こうやって会いに来てくれたんだもの……」

双子姫たちは顔を見合わせた後、声をそろえて、

「「しかもシュバリエの栗を持って！」」

と破顔する。

「ふふっ……喜んでいただけてよかったです」

「でも『ドロシー・メイシー』って誰？」

「本名ではまずいかと思って。念のため偽名を使いました。設定としては、シュバリエ本家の

メイドということになっています」

　きっぱりと言い切ると、双子姫は一瞬きょとんとした後にけらけらと声を上げて笑い始めた。

「偽名を使って離宮に来て、なにをするつもり⁉」

「手紙を受け取ってから、ずっとそわそわしてたんだから！」

「兄さまに内緒にするのすっごく大変だったのよ～」

　双子姫は怒涛の勢いで「なぜなぜ」と迫ってくる。

　モニカは苦笑しつつ、姫君たちの顔を見つめた。

「お茶を飲みながら、お話をさせていただいてもいいでしょうか」

　すると双子姫はパッと目を見開いて、

「「時間ならたっぷりあるわ、ドロシー」」

　と、いたずらっ子のように微笑んだのだった。

第九章　頼ってほしい

「おはようございます、姫様たち。今日はいいお天気ですよ」

モニカはカーテンを開けながら、大きなベッドで行儀よく並んで眠っている双子姫たちに声をかける。

「んぅ～……」

顔に当たる朝日に身をよじりながら、双子姫がゆっくりと上半身を起こした。

「さぁ、お顔を洗いましょう」

モニカの声に、双子姫は大きなあくびをしながら部屋の中央のテーブルに用意していた銀のボウルで顔を洗い、歯を磨く。

「モニカ～……眠いわ～……」

「昨日はなかなか寝付けなかったご様子ですね」

「だって、あなたの言うことが面白すぎて……！　潜入捜査だなんて、まるでお芝居みたいなんだもの！」

はしゃぐ双子姫に「私のことはドロシーとお呼びください」とたしなめつつ、メイド服に身を包んだ自分を、ちらりと壁の大鏡で確認した。

（本当に、我ながらよくぞ思い切ったわ……）

クラシカルなエプロンドレスのメイド服に身を包んだモニカは、どこからどう見ても、王宮で働くメイドである。

そう、モニカは今日からドロシー・メイシーという、幼いころ読んでいた児童書の魔法使いの名前を拝借して、双子姫の離宮でメイドとして働くことになった。

故郷でアルフォンスからの手紙を受け取ったあと、アルフォンス宛とは別に、双子姫にも手紙を書いたのだ。

公子に内緒で『シュバリエの栗』を直接お持ちしたい。

その時にご相談させていただきたいことがある、というような内容だ。

双子姫からしたら、兄に内緒という時点でかなり興味をそそったようだが、約束の日時に現れたのが、シュバリエ家のメイドであるドロシー・メイシーことモニカだったので、一晩経った今でも興奮さめやらぬという状態だった。

「モニ……ああ、違った、ドロシー。あなたは今日から、マーガレット皇女を調べるのよね？」

姫君たちは柔らかなタオルで顔をぬぐいながら真面目な表情になる。

「でも、今更なにを調べるの？」

双子姫の問いかけに、モニカは彼女たちの髪にブラシをかけながら口を開いた。

「このひと月、アルフォンス様は、マーガレット皇女のことをかなりお調べになったのでは？」

「もちろんよ。皇女がリンデ公国に隠し持っている銀行口座から、帝国から連れてきた侍女の親類縁者、出入りの商人まで、ありとあらゆることを調べたって聞いたわ」

「でも、なにもわからなかったんですよね？」

モニカの言葉に双子姫は顔を見合わせる。

「普段のマーガレットはとても内向的な女性で、部屋に引きこもってばかりだもの」

「だから私は、なぜ、マーガレット皇女が嘘をついたかを調べようと思うんです」

「なぜ……？」

「理由がわからないからです」

そう、犯人はわかっているが動機がわからない。このひと月、それはずっと小さなとげのように、モニカの心に引っかかっているのである。

「それは……普通に考えたら、兄さまとの仲を裂きたかったから、じゃない？」

軽く首を傾《かし》げた双子姫の言葉に、モニカはうなずく。

「その線もなくはないとは思うんですが……むしろよくある動機だと思うんですが、仮に彼女が私と公子の仲に気づいたから、それがなんだとは思うんです」

「どういうこと？」

「そもそもマーガレット皇女は公子の招きで帝国に来たていになっていますが、次期大公妃としての外堀を埋めようとはなさっていませんよね。公子とはあくまでも親しい友人のひとりと、一線を引いています」

モニカの発言に、双子姫は「確かに……」とうなずいた。

「わざわざリンデに来た割には、兄さまの妻になりたがってる感じはしないのよねぇ……」

晩さん会や舞踏会、ちょっとした夜会など、彼女がリンデにやってきてから、それなりに行われているが、マーガレット皇女は義理程度に顔を出すか、アルフォンスや彼の友人たちの何人かと踊るだけで、さっさと帰ってしまうのである。

「だから、私の存在が邪魔になったから軍を動かしてまで追放する、というのが結びつかなくて」

大公妃になりたければ、それなりの根回しが必要だ。

正直、次期大公妃候補として一番盛り上がっていたのは、マーガレットがリンデに来てすぐのころだった。今ではタブロイド紙も新聞雑誌も、マーガレットのことはすっかり忘れて、写真一枚掲載されない。新しいモノ好きなリンデの国民の注目は、あっという間に変わってしまうのである。

モニカは双子姫の髪を整えながら、言葉を続けた。

「だから、なぜ彼女が嘘をついたのか。なぜ私なのか……を調べようと思うんです」

なぜ彼女が嘘をついたのか。なぜモニカだったのか。

モニカを追い出すことによってなんの利益があったのか。

結果には必ず原因がある。原因を探ることで道筋が見えるはずだ。

「兄さまに内緒なのはどうして？」

「……言えば必ず、私を遠くにやろうとすると思います。あの方は、自分はどんな目にあってもいい、身も心もすり減っていいと本気で思っていらっしゃるので」

「「たしかに〜！」」

モニカのため息混じりの説明に、双子姫の声がぴったりハモる。

「兄さまは過保護だもの。私たちについてもそう」

「亡くなったお母さまがどんな人だったか、私たちが知らないと思ってるのよ」

双子姫はちょっぴり悲しそうに微笑んで、唇を尖らせる。

彼女たちの発言に、初めて体を重ねたあの日のアルフォンスの告白を思い出していた。

「ご存じだったんですか？」

ぽつりとつぶやくと、

「兄さまは、私たちに同じ気持ちを味わわせまいと、必死なの」

「大昔ならいざ知らず、今は調べようと思えばいくらでも調べられるのにね」

と、少し困ったように肩をすくめる。

どうやら双子姫は、アルフォンスの語る母親の昔話に違和感を持ち、かなり早い段階で真実を知ったらしい。

「今の私たちはまだ子供だから、いくら『大丈夫』って伝えても、無理をしているって思われるから黙っているのだけれど」

「兄さまには、他人を頼ることを覚えてほしいのよね。だからその点はモニ……ドロシーと同じ気持ち。だからどんなことでも協力するわ」

双子姫はまったく同じ表情でうんうん、とうなずくと、どこで覚えてきたのか、グッと親指を立ち上げて、唇を引き結んだ。

本当に、双子姫がアルフォンスのそばにいてくれてよかった。彼は孤独ではない。守っているつもりで、守られている。

モニカはそんなことを考えつつ、「ありがとうございます」とうなずいたのだった。


それからモニカは双子姫付きのメイドとしてこまごまと働いた。

双子姫が『シュバリエ領の栗』がなによりも大好きだというのは離宮でも有名な話だったらしく、その縁で採用したのだろうと、周囲からは特に不審がられることもなく受け入れられた。

ちなみにモニカの正体については、誰も気づいていない。王宮で働く人間は常時数百人いるし、モニカが一緒に仕事をしていたのは、文官だけだった。

双子姫の離宮は男子禁制な上、モニカが出入りしていた図書館とかなり離れていたので、顔見知りに出会うはずがない。だからバレないだろうという、なんとなくの自信もあった。

とにかくモニカが得たいのは、現場の生の声と情報だ。

もちろんアルフォンスも念入りに調べさせているはずだが、宮殿で働く人間が聞き取り調査ですべてを話すはずがない。面倒を避けて、上司には話さない事件というのは、宮殿内でこまごまと起きているものなのである。

「ねぇ、聞いた〜？　またマーガレット皇女が女官を変えさせたんですって！」

「うっそ〜これで何人目？」

「たった数か月でメイドは五人、女官はふたりよ」

「最初にいたメンバーは総入れ替えされたって！」

「ただの配置換えとはいえ、迷惑な話よね〜。ねぇ、ドロシー？」

いきなり話を振られたモニカは、マグカップをぎゅと握りしめながら、

「ええ、そうね……」

とうなずき、さらに誤魔化すように眼鏡を指で押し上げた。

一日に三度、台所の隅でお茶を楽しむ時間は、貴重な情報収集の場だ。モニカは目の前で繰

り広げられているメイドたちのおしゃべりを、唇を引き結びつつ、耳を傾ける。

これまでも公子のご学友の誰それの婚約破棄騒動だとか、女官が侯爵と不倫騒動を巻き起こして、侯爵夫人が宮殿内に乗り込んできただとか、ゴシップまがいの情報はここで入手している。

（まぁ、不倫や婚約破棄騒動なんて、マーガレット皇女に全然関係ないんだけれど……）

それでも自分の身に起こったことは、宮殿内であったことだ。なにか得られるものはあるはずだと思いつつ、モニカは軽いノリで彼女たちの会話に口を挟む。

「王宮のメイドや女官が、どんな問題を起こしたの？」

モニカの言葉に、ほかのメイドたちは目を大きく見開いて、

「そうなのよ、問題はそこ！」

「それがちょっとしたミスらしいのよ。お茶のお代わりが遅いとか、髪をとかすときに、ブラシが当たったからとか……それで『明日から来なくていい』って言われるんだって」

「なにそれこわ～！　ただのヒステリーじゃない！」

「やっぱり大帝国の姫君ともなると、違うわね～！」

メイドたちがぷんすか腹を立てているのを眺めながら、モニカは首をかしげざるを得なかった。

（マーガレット皇女がヒステリーって、イメージに合わないな……）

クッキーをかじりながら、モニカは唇を引き結ぶ。

アルフォンスや双子姫の話を聞いた限りでは、皇女は落ち着いた内向的な女性らしい。

勿論、アルフォンスの前でだけしおらしくふるまっている可能性もなきにしもあらずなのだが、十年近く友人として過ごしているアルフォンスが、そのことにまったく気づかない、というのは少し腑に落ちない。

(でも、私も皇女殿下に、宮殿から追い出された人間だわ……)

自分もなにか共通点があるのではないか。些細な違和感を突き詰めるべきだが、まだ情報が足りない。自分はまだそこに至れていない。

(このままじゃ、いつまで経ってもアルフォンスのもとに戻れない……)

自分でも気が付かないうちに、焦りが表情に出ていたのかもしれない。

「ドロシー、具合でも悪い？　どうしたの？」

正面に座っていたメイドに声をかけられて、慌てて首を振る。

「大丈夫、なんでもないわ。首にならないように気を付けようって思っただけ」

「ふふっ、マーガレット皇女はこっちに来ないから大丈夫よ～！」

と、メイドたちは明るく笑うのだった。

だが、その『大丈夫』はあっけなく崩れ去った。双子姫が離宮にマーガレット皇女を招待すると言い出したのである。

「えっ！」

その話を聞いたモニカは、仰天した。

あやうく洗顔用の盥《たらい》を落っことすところだった。慌てて、ぎゅっと手に力を込める。

「お茶会をするの。私たちも協力するって言ったでしょう」

双子姫はいつものように顔を見合わせたあと、真面目な顔でモニカを見上げる。どうやら彼女たちの発案らしい。

詳しく話を聞いてみると『妹の立場からアルフォンスとどうなりたいのか』を確かめたいということだった。確かに妹姫たちなら、無邪気さを装ってマーガレットに直接今後のことを尋ねることができるだろう。

「兄さまのお嫁さんになるつもり？　って尋ねてみるわ。イエスでもノーでも、わかることはあると思うから」

そうですね、とうなずきつつも、姫の口から出た『お嫁さん』というかわいらしい単語に、心臓がぎゅっと締め付けられる。鼻の奥がツンとして、気を緩めると泣いてしまいそうだ。

（まだ、そうだと決まったわけでもないのに……）

マーガレットでなくても、アルフォンスはいつか誰かを妻にする。

モニカが心の奥底で感じている、漠然とした未来だ。

アルフォンスの母は帝国の公爵令嬢だった。身分のつり合いとはそういうことだ。

自分はそんな期待はしない。いつか来る終わりをひっそりと受け入れる。それまでの限られた時間をアルフォンスと過ごせばいい。

離れる日が来たら素直に運命を受け入れて、彼の中でいい思い出になればいいと――。

だがそれは、現実逃避だと自分でもわかっていた。

(きれいごとだわ……)

傷つくことが分かっているから、最初から期待しないように予防線を張って、そのくせアルフォンスときっぱり別れられないのは、自分の弱さでしかない。

事実、彼と別れる日は一日でも先延ばしにしたいと心から願っている。我ながら弱くて嫌になるが、それはまごうことなきモニカの本心だった。

「ドロシーは、マーガレット皇女に会ったことある?」

「ええ……一度だけですが、図書室でご挨拶をしました」

彼女と言葉を交わしたのは、たった一度。そこでだけだ。

「だったら、お茶会に顔を出さないほうがいいわね。念のためね」

双子姫の提案はもっともだ。モニカ・フォン・シュバリエが王宮内にいると知られたら、なにが起こるかわからない。

本当は直接会って、いったいどういうつもりなのかと尋ねたいくらいだが、さすがに問題がありすぎる。

「お茶会の時は近づかないようにします」

当然だと受け入れつつも、心の底にある、ちりちりとした焦燥感はいったい何なのだろう。

（なんだか、喉が渇く……）

どれだけ深呼吸を繰り返しても、体のどこからか空気が抜けているような、そんな不安がぬぐえない。

（きっと、緊張してるのね）

アルフォンスに嘘をついてまで慣れない場所に一人でやってきているのだ。

（絶対に、絶対に、アルにバレませんように……！）

そんなことを考えつつ、

「――せっかくですから今日は髪を編みましょうか」

空気を変えるように、モニカはにこりと微笑む。

「まぁ、嬉しい！」

「うんとかわいらしくしてね！」

モニカは姉が三人もいるので、幼いころから人の髪を編んだりが得意だった。

きゃっきゃとはしゃぐ双子姫たちに、朝の用意を進めつつ、モニカは唇を引き結ぶ。

「私の編み込みの技術はなかなかなんですよ」

冷静を装って、そう答えるのが精いっぱいだった。

マーガレット皇女が離宮にやって来ると聞いて、メイドたちはみな憂鬱な気分になったが、表面上は何の問題もありませんという態度で粛々と準備を進めた。当然だが、新米メイドのモニカは、給仕から外されている。

当日は目のつかない場所で銀食器でも磨いていようと思いながら、箒《ほうき》を持ってひとり裏庭へと回り、かれこれ小一時間、黙々と手を動かしていた。

正直、落ち葉はどんどん降ってくるのであまり意味がない気もするが、放置しているとあっという間に山のように積み重なり、火災の危険も出てくるので、早急に集めて破棄しなければならない。

無心になれる反復運動的な仕事は苦痛ではないが、本来なら今頃、図書館で仕事をしていたと思うと、不安で涙が出そうになる。

休職扱いにしてくれたのは、アルフォンスが図書館長に話をつけてくれたからだとわかっているが、果たして戻れる日が来るのだろうか。

(この国に、私の居場所はあるのかしら……)

考えれば考えるほど、気持ちは落ち込んでいく。

「はぁぁ～～……だめだぁ～～～……！」

箒の柄を握ったモニカは、誰もいないのをいいことに、自分でもびっくりするくらい大きなため息と泣き言を口に出していた。

「ふふっ。なにがダメなの」

「っ……」

柔らかで麗しい声が響く。一瞬で血の気が引いた。幻聴だと思った。

だってそれは、モニカが心の底から会いたいと思っている男の声だったから。

まさかと思いながら声がした背後を振り返ると、そこに金髪の青年がにこにこと笑いながら立っていた。

ラフな白いシャツに信じられないほど長い足を包み込んだズボン、ひざ下までのブーツというシンプルな装いだったが、上背があるせいか恐ろしくさまになっており、天上の神がたわむれに地上に降り立ったとしか言いようがない。

両手をポケットに突っ込んでイチョウの木の下に立つ彼の髪が、秋の日差しに照らされ、きらきらと輝いていた。

「あっ……アル……？」

幻聴どころか幻覚かもしれない。だが夢でもいい。彼に触れたい。会いたい。声が聴きたい。

モニカが持っていた箒を放り出して走り出すのと、アルフォンスがポケットから手を出し、広げるのはほぼ同時だった。

「アルッ……！」

体当たりをするように彼に飛びつき、そのままぎゅうぎゅうと背中に腕を回す。彼から送られてきた手紙と同じ香り。アルフォンスのまとう匂いは、上等な花の匂いだ。

胸がつぶれそうなくらい苦しくて、息ができない。ずれる眼鏡を直しながら、問いかける。

「どうして⁉　どこから入ってきたの⁉」

「どこからって普通に正面からだけど」

「え……？」

「男子禁制とはいえ、妹に会いに来る兄は別に決まってるだろ」

「ああ～‼」

そう言われれば、そうだ。ここにこもっている限り会わないだろうと思っていたが、家族は別に決まっている。そこに思い至らなかった自分が恥ずかしくて呆然としていたが、アルフォンスはくすくすと肩を揺らして笑ったあと、息が止まるほどモニカを抱きしめた。

「ほら、ちゃんと僕だよ。きつく抱いて確かめて」

「う、うんっ……」

こくこくとうなずきながら、アルフォンスにしがみついた。

背中に回る熱は確かにアルフォンスのものだ。夢でも幻でもない。彼は間違いなくここにいる。モニカは夢見心地でアルフォンスを見上げた。

「いつから私がここにいるって、気が付いていたの……？」

「『ドロシー・メイシー』というメイドを雇ったっていう、報告書を読んで気づいたんだ」

「えっ⁉」

「きみが話してくれただろ。古いけど今でも大好きな児童文学だって。だからすぐにモニカだってわかった」

アルフォンスは確かめるようにモニカの背中を撫で、それから両手で頬を包み至近距離で見据える。彼のすみれ色の瞳が爛々《らんらん》と輝いている。

嬉しくて抱き着いてしまったが、どうも彼の様子がおかしい。

「もしかして……怒ってる？」

おそるおそる尋ねると、彼は瞬きもせずうなずいた。

「ああ、すごくね」

背中がひやっと冷たくなった。彼は滅多《めった》なことで怒りをあらわにすることはない。だからこれは本当に、ご機嫌を損ねている。

「っ……ごめんなさい……」

モニカは即座に謝罪の言葉を口にする。

「悪いと思ってる？」

「お、思ってます！」

モニカはこくこくとうなずく。

迎えに行くと言われていたのに、勝手に飛び出してきたこと。

双子姫を巻き込んだこと。

こそこそと宮殿内の噂を調べまわっていること――。

アルフォンスに内緒にしていたのは、バレたら彼に遠ざけられるということと同じくらい、褒められたことではないと分かっているからである。

「本当にごめんなさい……」

しどろもどろに説明しているうちに、鼻の奥がつんと痛くなった。

いくら謝っても、言い訳をしても、アルフォンスが無表情だからだ。

こちらをじいっと食い入るように見つめるアルフォンスの眼差しに、息が止まりそうになる。

これはものすごく怒っている。内心はらわたが煮えくり返っている。

美しい彼の体の中で、ふつふつと煮えたぎるような炎があふれそうになっていて、それを必死に抑え込んでいるのが、わかる。

普段柔和で優しい彼ばかり見ていたから、心臓のあたりがぎりぎりと引き絞られるくらい痛くなった。

「あ……アル……ごめんなさい……っ」

ぽろぽろと涙が溢れて頬を滑り落ちる。アルフォンスは、モニカの眼鏡の下からこぼれる涙を親指でぬぐいながら、柔らかい声でささやいた。

「泣かないで、モニカ。わかったから……きみを許すよ」

ちっとも許したい気分ではないはずだが、彼はそういう建前をモニカの前でも通してしまう。本心も打ち明けず、場を収めるために丸め込もうとするのがアルフォンスという男だ。

「だから、今すぐシュバリエ領に帰ってくれるね？」

「っ……グスッ……」

嗚咽をこらえたモニカは、唇をぎゅっと引き締めた後、必死で声を絞り出していた。

「か、帰り、ませんっ……」

「は？」

その瞬間、アルフォンスが美しい眉をひそめる。聞いたことがないくらい低い声に、体がビクッと震えた。

思い通りにならないモニカに、苛立っているのかもしれない。美の化身みたいな男にそんな顔をされると、自分のような凡人は心臓がきゅっとするが、それはそれだ。

ここで言いくるめられるわけにはいかない。

正直言って、モニカはなにを言われても引くつもりは微塵もないのだ。

「それはいやです、帰りませんっ……調べたいことが、あるのでっ……」

横隔膜が引きつるのを必死で抑えながら、モニカは声を絞り出す。

「モニカ。僕はきみのそういう好奇心が強いところが大好きなんだけど、今はそういう場合じゃないんだ。いい子だから素直に僕のいうことを聞いて――」

なんとか言いくるめようとするアルフォンスの発言を遮るように、モニカは叫んでいた。

「でも、でもっ……アルをひとりにしたくない！」

自分の価値なんて、自分が一番わかっている。

次期大公の妃になれる器ではないことも知っている。

だが自分という人間が役に立たなくても。人より優れていなくても。

いい子だと思われなくてもいい。

心より愛しいと思う人を、ひとりで戦わせていいなんてとても思えないのだ。

モニカはぶるぶると震えながら、アルフォンスを見上げた。

「ひとりでなんでも抱え込む、あなたをひとりぼっちにしたくない……！　だからっ、一緒にいるって、決めて出てきたのっ……！」

モニカはしゃくりあげながら、かけていた眼鏡をはぎとり、手の甲で涙をグイッとぬぐうと、自分の頬の上にあるアルフォンスの手首をつかんで引き寄せる。

「アル、私だってあなたを、守りたいって思ってるのよ……！」

その瞬間、アルフォンスは頭を鈍器で殴られたような顔をして、

「……は？」

と唇をわななかせた。

呆れられたのだろう。何もできないくせに守るだなんて、子供のようなわがままだ。わかっている。だがモニカは、ここでちゃんとした大人になる気はなかった。

彼を離さない。ひとりにしない。なにがあっても絶対に、だ。

「アル、アルフォンス……お願いだから、ひとりで頑張ろうとしないで。私をそばに置いて。辛い時は頼って、どんなわがままだって言っていいから、ぶつけて！　辛い時は辛いって言って！　全部受け止めるからっ……私のこと、離さないでよ！」

その瞬間、アルフォンスのすみれ色の瞳に、波打つように水が張った。

彼は全身を強張らせたまま、食い入るようにモニカを見つめて動かず、まばたきひとつしなかったが。

「――っ……」

大きく張り出したのどぼとけがゆっくりと上下し、金色のまつ毛が震えると同時に、彼の大きな瞳から、ぽろりと透明な粒が零れ落ちた。

「なんで……そんなこと、言う、の……」

アルフォンスが、意味が分からないと言わんばかりに、眉根を寄せる。

大きな水滴は頬を伝い、顎先まで滑り落ち、そのままぽたり、とモニカのエプロンドレスの上に落ちる。

あまりにも美しくて、それが涙だと気が付くのに、数秒かかった。

誰よりも自分の涙に驚いているのはアルフォンスだった。

「はは……困ったな」

アルフォンスはかすれた声で自嘲するように笑うと、手を放してモニカの背中を抱き、そのまま肩口に顔をうずめた。

「～～ッ……きみの言葉が……たまらなく、嬉しい……」

それからひそやかに、耳元でアルフォンスの嗚咽が聞こえた。

アルフォンスが泣いている。モニカの肩に顔をうずめて、嗚咽を漏らさないように必死に唇を引き結びながら、泣いている。

（アル……）

モニカはそうっとアルフォンスの背中に腕を回す。手のひらでゆっくりと彼の背中を撫でながら、ふわふわと柔らかい金色の髪にキスをする。

今は言葉はいらない。ただそばにいるだけでいい。


「うう……恥ずかしい……死にそうだ」

それからしばらくして、イチョウの木の下に座り込んだアルフォンスは、膝を抱えてうつむいていた。膝の間に頭を入れて顔すら見せてくれない。

「緊張の糸が切れたのよ。あなたはひとりで頑張りすぎなんです」

よしよしと彼の頭を撫でつつ、そのままアルフォンスの次の言葉を待つ。

アルフォンスは、大きく深呼吸を繰り返したあと、ゆっくりと顔をあげた。

「そう、かも。帰らせるべきだってわかってたのに、つい……きみのかわいさに、負けてしまった。理性よりも感情を優先したわけだ」

アルフォンスは、すんと鼻をすすりながら、それから膝の上に頬を乗せて、にこりと笑った。

「やっぱり僕は、なんだかんだ言いながら、きみの無鉄砲なところが好きなんだな。会いに来てくれてありがとう」

泣きすぎたせいか、鼻の頭がちょっぴり赤かった。

えへへと恥ずかしそうに笑うアルフォンスの涙目の笑顔に、モニカは情緒がおかしくなるくらい、動揺してしまった。

（えっ、かわいい。なんなの、この人は。年上で、こんなきれいで大きくて、強くて賢いのに、かわいいの!?　は、大丈夫??）

モニカは頬の内側をかみながら、ぷるぷると震えていたが、やはりどうにも感情が収まらず、おそるおそる——ちらっとアルフォンスを見つめる。

すると彼は目があったことが嬉しいのか、またにこっと微笑む。

（ぎゃー!!）

だめだ。愛おしすぎる。

モニカは衝動に駆られたまま、そのままアルフォンスの唇に自分の唇を押し付けていた。

「っ……?」

すぐに顔を離したが、モニカからキスをしたのは初めてだったので、彼も驚いたらしい。

「耳まで真っ赤だ」

膝におでこを押し付けて恥ずかしがっているいるモニカの耳に、指先で触れる。

「もう……っ。そんなこと言わないで……らしくないってわかってるから」

「でも、みっともないところを見せたのに、僕にキスしたいって思ってくれたんだろ? 嬉しいよ。僕、愛されてるんだな」

愛されてると口にする彼の声は少し弾んでいた。どうやら本当に嬉しいと思ってくれているようだ。彼の心の柔らかい場所をほんの少し明け渡してもらえた気がして、モニカもホッとした心地になる。

「――なら、いいですけど」

モニカがゆるゆると顔を上げると、こちらを真剣に見つめるアルフォンスと視線が重なる。

「モニカ……」

アルフォンスは小さな声でささやいて、それから身を乗り出すようにしてモニカの頬に唇を押し付け、そのまま、ちゅっ、ちゅっと顔じゅうにキスの雨を降らせる。

甘い口づけにうっとりしていると、ふと思い出したようにアルフォンスがつぶやいた。

「……考えてみたら、僕は要所要所で、モニカに変なところばかり見せてるな」

アルフォンスはモニカの頬を撫で、呆れたようにふふ、と笑う。

そう言われればそうかもしれない。

最初の出会いは彼に助けられる、というかっこいい場面だったが、その後はお互いどったんばったんしながら、本音をぶつけ合うようなことばかり起きていた気がする。

「私は、アルの本当の気持ちを知りたいの」

「うん。そういうことだって、ようやくわかった」

アルフォンスはうんうんとうなずきながら、モニカの顎先をつまみ、持ち上げる。

「愛してるよ、モニカ。いくら言葉を尽くしても足りないくらい」

そうして彼は、モニカの返事を待たないまま、頬を傾け口づける。

「ん、う……」

触れ合った次の瞬間、アルフォンスの舌が唇を割り口内に滑り込んでくる。

かすかに紅茶の味がして、その甘さに惹《ひ》かれながら舌をからめると、ちゅうっと吸われて背筋に痺れるような快感が広がった。

「ん、あ、んっ……」

アルフォンスのキスは次第に激しくなり、息が続かなくなる。

「モニカ、僕の膝に乗って」

アルフォンスはモニカの腕をつかみ強引に引き寄せると、モニカの尻を両手でつかみ、指に力を込めた。

「かわいい……モニカ……大好きだよ」

甘い声で囁きながら、アルフォンスはモニカの唇を吸い、舌を差し込んだ。

「んっ……ちゅ……んっ」

モニカは身もだえしつつ、アルフォンスの口づけを受けながら、必死に舌をからめる。

アルフォンスの舌はモニカの口内を丁寧になぞり、唾液をすすり、飲み込んでいく。

「あぁ……」

頭がぼうっとする。

息を乱しながら目の前の男を見つめると、アルフォンスは目を細め、

「蕩《とろ》けた顔をしてる」

と、ささやいた。大きな手がスカートの中に差し入れられる。太ももを撫でながら両手でしっかりとつかみ、内側の柔らかい部分を指先でくすぐる。

「あっ……」

「僕の指、待ちわびてるね」

アルフォンスはクスクスと笑いながらモニカの首筋に顔をうずめつつ、ガーターをくぐって下着のクロッチ部分に指を差し入れた。すぐにくちゅり、と音がする。

「んっ……」

「濡れてる」

「や、だって……っ」

「僕とのキス、そんなによかったんだ」

　アルフォンスは甘い吐息を漏らし、そのまま指でぷっくりと膨れ上がった花芽をゆっくりと押しつぶす。

「ヒッ、やんっ……」

「ここ、触ってあげるの久しぶりだな」

「あっ、んっ、ああっ……だめ、わたし、すぐっ……」

「いいよ。気持ちよくなって」

「やっ……」

　久しぶりのアルフォンスの指に、モニカの体がびくびくと震える。溢《あふ》れ出《で》る蜜を絡めてそこを丹念にいじる彼の指に、モニカはあっという間に上り詰めていた。

「や、まってぇ……」

　いやいやと首を振るモニカの耳に顔を寄せて、アルフォンスは指を蜜壺に差し入れる。

「待たない」

「あっ……」

アルフォンスの長い指が、腹の裏を押した。

「イって、モニカ」

「あッ、あああッ……！」

目の前に星が散る。一瞬で視界が真っ白になり、モニカは背中をのけぞらせながらアルフォンスにしがみついていた。


「モニカ、気持ちよかった？」

アルフォンスが甘い声でささやきながら、息を乱すモニカのこめかみにキスをする。

「ん、はい、はぁ……でも、私ばっかり……」

キスと指で、あっという間に上り詰めてしまった。

自分ばかり気持ちよくなって、アルフォンスは呆れたりしていないだろうか。

頬を赤く染めながら、おそるおそる彼を見上げると、

「入れたいのはやまやまだけど、そうしたら止まらなくなるから」

アルフォンスはモニカの服を丁寧に整えながら、にやりと笑う。

「続きは一緒に問題を解決したら、ってことで」

「一緒に……？」

呼吸を整えつつ、ポケットから眼鏡を取り出しかける。

アルフォンスは困ったように眉を下げはしたが、こくりとうなずいた。

「帰れって言って、ごめん。最近負担が大きくて死にそうだから、やっぱりそばにいてほしい。そうしたら僕も頑張れる気がする」

「アル……」

彼の素直な気持ちを聞いて、胸が震える。

自分のできることなんてたかが知れているけれど、それでも彼が求めてくれれば、それだけで強くなれる気がするから不思議だ。

「強引にごめんなさい。でも私も、同じ気持ちなの」

モニカはそう言って、愛する男の髪を撫で、指先で乱れた前髪を整えながら、額にキスをする。

不思議だ。何もできないと焦っていた気持ちが、みるみるうちに満たされていく。

気が付けば、あれほど感じた喉の渇きは、もうすっかり癒やされていた。

どうやら渇きの正体はアルフォンスだったらしい。

「モニカ。もう、正直きみをいつまでも秘密の恋人にしたくない。父上に相談しようと思う」

アルフォンスがモニカの指先に口づけながら、甘い声でささやく。

「えっ」

アルフォンスは唇を震わせて、食い入るように戸惑うモニカを見つめた。

「僕は、本気だよ」

彼の具体的な提案に、モニカは嬉しいと思うよりも、まず不安な気持ちで胸がいっぱいになった。それでつい、後ろ向きな言葉を口にしてしまった。

「でも、もし万が一お父様が許してくださっても、国民が許さないんじゃないかしら」

「は？」

それを聞いたアルフォンスの端正な顔が歪む。

「だってリンデ大公家は、この国のシンボルだもの。シュバリエはかろうじて貴族だけれど……もう、そんな問題じゃないと思うし」

「どういうこと？」

アルフォンスが苛立ったように眉を顰める。

そんな彼の気持ちをなだめるように、モニカはうろたえつつも、少し早口で説明する。

「だって、人の口に戸は立てられないから、私が宮殿内で拘束されたことは、いつか知られる日が来るかもしれないでしょう？」

「きみは無実だ」

「でも私がなにも知らないリンデ国民なら、敬愛する大公家に逮捕されたような人間は近づいてほしくないと、思うから」

きっぱりと言い放った瞬間、アルフォンスが息をのんだ。

「──」

沈黙がうるさい。彼には自分をそばにおいてなんでも話してほしいと言いながら、この体たらくにため息しか出ない。

だが、アルフォンスへの思いと自分が世間に受け入れられるはずがない、という気持ちはモニカの中で両立するものだった。

「なるほどね。きみの考えもわからなくもない」

アルフォンスは口を引き結び、そのまま体を震わせながらモニカの肩口に顔をうずめ、低い声でうなり声をあげた。

「僕だって、これまでの人生、何が起こっても、まぁ仕方ないかな……って諦めてきた男だしね」

いきなりなにを言い出すのかと思ったが、モニカは彼の言葉を遮らずに耳を傾ける。

「──でも、でもね。僕はきみのことだけは諦めるつもりはないんだ。たとえ己の身になにが起ころうとも、僕は、きみを絶対に手放さない……。絶対に」

若干、脅しの色を感じ取ったのは、気のせいではないだろう。

事実、険悪だった両親のことも、半分だけ血が繋がった兄のことも、アルフォンスは早々に手放したことをモニカは知っている。

それでも──彼は自分を諦めないと言ってくれるのだ。

アルフォンスの強い決意と覚悟に、モニカの胸は締め付けられる。

それに引き換え、自分はどうだ。彼に恋をしてからずっと、最後の日を考えていた。たった今だって。恋はいつか終わると疑っていなかった。

だがアルフォンスは違う。今まで色んなことを断念してきた彼が、モニカとの関係だけは諦めないと言っている。

（ああ……アルは、私のことを本当に好いてくれているんだ……）

自分だってそうなのに、彼を愛しているのに、傷つきたくないばかりにいつだって逃げ道を作っていた。

モニカはゆっくりとアルフォンスの髪を指ですく。

（私は本当に馬鹿だ。こんなにもアルを不安にさせて……未来のことなんて誰にも分からないのだから、諦めず全力で、誠実に向き合うのが、私のやるべきことだったのに）

モニカは反省しつつ、口を開いた。

「ごめんなさい。あなたはずっと、私に誠実であろうとしてくれていたのに……私はそうじゃなかった」

「――」

一瞬、アルフォンスが息をのんだが、モニカはさらに言葉を続ける。

「あなたの気持ちを疑ったことはない。でも……私はずっと、自分はふさわしくないから、いつか別れるんだろうって思ってた」

「それは……」

アルフォンスが一瞬、呆《ほう》けたような表情になる。

彼は微塵もそんなことを考えてなかったのだと分かって、余計自分の罪深さが浮き彫りになった。

「ごめんなさい。本当に……ごめんなさい」

もし自分たちが逆の立場だったら、どれだけ悲しい気持ちになるか。

想像すれば簡単なことだったのに、なぜそんなことに気が付かなかったのだろう。

モニカはぶるぶると首を振り、アルフォンスのたくましい腕をつかむ。

「今でも、自分がふさわしいとは大手を振って言えないけれど。でもね、私……あなたにふさわしい人になりたい。あなたの隣に立って、堂々としていられる人になりたい」

アルフォンスの頬がかすかに歪む。

それは今更、という気持ちなのだろうか。それとも弱虫な自分が軽蔑されたのだろうか。わからないけれど。

「今更かもしれないけれど、頑張ってみる。認められないなら、認めてもらえるように。逃げるんじゃなくて、わかってもらえるように、死ぬ気で努力してみますっ……」

もちろんすべての人間に好かれるなんて無理なことだとわかっているが、それでもアルフォンスとの未来を諦めたくはない。

「気づくのが遅くなってごめんなさい。もう二度と自分なんてって言わないから、これからの私を見てほしいっ……！」

言い切った瞬間、ぽろりと涙が押し出される。

ここで泣き落としはよくないと、慌てて眼鏡の下の涙をぬぐおうとしたところで、手首がつかまれた。

おそるおそる目線を持ち上げると、アルフォンスがすみれ色の瞳を爛々と輝かせながら、こちらを見つめていた。

「アル……」

なにか言ってほしい。いいでも悪いでもいいから、なにか言ってほしい。

無言でいられると、言葉に詰まってしまう。

不安で唇を震わせた瞬間、

「――僕は、モニカにとってなに？」

アルフォンスがかすれた声でささやく。

「なにって……図書館で出会ってから、ずっと……アルは私の特別な人よ。こんな気持ちになったのは生まれて初めてで、きっと最初で最後だと思う」

先のことはなにもわからないのは事実だ。けれど、なぜかアルフォンスへの気持ちだけは、もう人生最初で最後の恋だと本能が告げている。

この人以上に愛せる人など、一生現れないと——。

「それって……大好きな本の中に出てくる登場人物よりも？」

それからアルフォンスは、モニカの好きな本の登場人物の名前をあげた。

どれも他愛もないおしゃべりの中で話したことがある、ヒーローの名前だ。

「そこ……？　比べるものじゃないでしょう」

なんだか拗ねたような口調がかわいく思えて、思わず笑ってしまった。

「それはそうだけど……まぁ、その顔を見たら、僕が実質一位の男だと言っても問題なさそうだな」

架空の人物と自分を比べるという、若干不毛な問いかけだったが、なぜかアルフォンスの機嫌は持ち直したようだ。どこか弾んだような声色で、つかんでいた手首を離し、モニカの涙の跡を優しく指で触れた。

「泣いたっていいよ。弱音もたくさん吐いていいし、不安だって泣いてもいい」

「でも……」

「きみだって僕の涙を見たじゃないか」

確かにそうだ。モニカは彼の柔らかい場所に触れてしまった。

「だから、いいんだ。僕たちはお互いに、そういう部分を、許し、受け止められる関係になったってことなんだから」

アルフォンスはそう言って、すりすりと鼻の先を触れ合わせる。

「きみは僕の運命で、僕は君の魂の片割れだ。これからのこともふたりで話し合おう。ふたりで努力しよう」

「アル……」

胸がいっぱいで苦しい。

状況がよくなったわけでもないのに、むしろどん詰まりなのに、彼がそばにいると思うだけで、ふわふわして、なんでもできるような不思議な気持ちになる。

モニカはすん、と鼻をすすりながら、アルフォンスのすみれ色の瞳を見つめた。

彼の不思議な色の光彩に、自分の影が映っている。

きっと自分の青い目にも、同じようにアルフォンスの影が映っているだろう。

「ねぇ、モニカ。きみは夢を見すぎだって笑うかもしれないけど……やっぱり僕たちは、子供のころに図書館で会ってると思うな。物語の中の恋人たちのように、なにか特別な事件があって、お互いの心に突き刺さるような言葉を交わしたような思い出がなくても……あの場所で僕たちはすれ違ったり、同じ本を読んでいたんじゃないかな」

「アル……」

彼の言葉に、ふと幼いアルフォンスと自分が、背中合わせで夢中で本を読んでいる場面が浮かぶ。

ただ本が好きで図書館に通い詰めていたモニカと、家庭に居場所がなく、心安らげる場所を求めて図書館へやってきていたアルフォンスが、親しくなれた確率は低い。

だがあの図書館のどこか——大きなテーブルの隣だったり、背中合わせだったりで、好きな本を読んでいた時間はあったかもしれない。

（本が好きで……図書館は特別な場所で……だから、私も図書館が好きで……）

図書館は本を収蔵しているだけの場所ではない。

自分のような本好きだけではなく、『アルフォンスがそらんじた詩を知りたい』と図書館を訪れた若い女性や、たんに資料が欲しかっただけの無礼な学生。

家庭に居場所がなかった、子供時代のアルフォンス。

たくさんの事情や理由を抱えた人たちが、図書館に集まって——どんな身なりの人間がいても、図書館というのはすべてを受け入れる懐の深さがあるのだ。

だからモニカは図書館が好きだった。

働くなら図書館がいいと思った。

「……そうかもしれない。きっと、私たち小さいころに、同じ本を読んでるわね」

悲しいわけじゃない。あたたかい涙が零れ落ちそうで、何度か瞬きをする。

照れくさくてえへへと笑うと、アルフォンスが少しまぶしそうな顔になり、そのままモニカの背中を抱きしめる。

モニカも当たり前のように彼の背中に腕を回し、目を伏せた。

「図書館って、素敵ね」

「──ああ」

「私……中央図書館に戻れなくてもいい。私設の、小さな図書館でもいい……図書館が好きだから、いつかまた、働きたいな」

アルフォンスにふさわしくなりたいと言っておきながら図書館で働きたいなんて、たぶんおかしいのだと思う。だがモニカは素直な言葉を口にしていた。

アルフォンスにはそうしたほうがいいと思ったのだ。

「……ああ、そうだな」

アルフォンスはにこりと笑って、抱きしめる腕に力を込める。

「図書館にいるきみを、僕は好きになったんだ」

「うん……」

彼はそんなことは無理だなんて言わない。

だってそれはモニカの大事な夢だからだ。

ただその夢を否定せず肯定してもらえただけで、十分だから。

モニカはアルフォンスのたくましい胸に、すりと頬を寄せながら目を伏せる。

「図書館って、いいよね。本好きが集まって……図書館にいれば、なぜここにいるのかなんて、誰にも聞かれないわけだし……」

その瞬間、モニカは頭のてっぺんに雷が落ちたような衝撃を受ける。

一見バラバラだったピースが、ぴしぱしと音を立てながら繋がっていく。

「あっ」

パチッと目を開けて、甘い空気とは全然違う声を出したモニカに、アルフォンスは不思議そうに首をかしげ顔を覗き込む。

「どうしたの」

「私……マーガレット様がなぜ私を追い出したのか……わかったかもしれない」

第十章　自分の力で

見事な秋晴れの日だった。空を見上げると、秋らしいどこまでも続く空にさっと刷毛《はけ》を動かしたような白い雲が見える。

モニカはいったん空を見上げた後、何度か深呼吸を繰り返し、わいわいとにぎやかな声がするほうへ足を向けた。

「兄さま、まだ〜⁉」

「まだだよ。栗に切れ目を入れないといけないからね」

「私もやる！」

「お前たちに刃物は持たせられないから、見ているだけにしなさい。ほら、ふたりで袋いっぱいに落ち葉を集めておいで。いっぱいだよ？」

「「はーい！」」

双子姫たちは大きな麻袋を両端からつかむと、侍従を引き連れて森の奥へと走っていく。

今日は双子姫の居住区である離宮の一角でお茶会が開かれている。と言っても肩肘がはったものではなく、庭で焼き栗をすることがメインのゆったりのんびりした茶会だ。

かわいらしい双子姫と次期大公、そして帝国からやってきた第二皇女。

まるで絵にかいたような牧歌的な景色に、胸の奥でかすかに悲鳴を上げる。

（いやいや、ここは自分が場違いだとか、嫉妬していい場面じゃないから……！）

そう、モニカにはやるべきことがあるのだ。

眼鏡を中指で押し上げながら、遠目に彼らを見つめる。

「転ばないように気を付けて！」

アルフォンスはすっかり遠くになった妹たちの背中に向かって叫び、

「いつまでも子供で困るよ」

と、皇女に向かって微笑みかけた。

「いいえ……私からしたら、とても羨ましいですわ」

「羨ましい？」

「帝国では、声をあげて笑うことなんてできませんでしたから。公子がリンデから留学してこられて、私も学友のひとりに選んでいただいて、人生が変わったと言っても過言ではないのです。この十年、本当に幸せでした」

マーガレットは苦笑しつつ、カップをテーブルの上に置いた。

（マーガレット様……）

発言内容に驚きつつも、彼女のアルフォンスを見つめる目は、恋をしている目ではないと確信する。女の勘としか言いようがないが、人生が変わったと告げる相手がアルフォンスであっても、その言葉にも眼差しにも熱がないのだ。

（少しここで様子を見よう……）

自分が出ていくタイミングは今ではない。

モニカは大きな木の陰に立ち、引き続きふたりの様子をうかがう。

「マーガレット、不自由はしていない？」

アルフォンスは長い足を持て余すように足を組み、山積みになった栗にナイフでひとつずつ切れ目を入れていて、同じテーブルでマーガレットは優雅に紅茶を飲んでいる。

「静かな時間を過ごさせていただいています」

「そういえばきみは刺繍が趣味だっけ」

「おかげ様で超大作が仕上がりそうですわ」

クスクスと微笑む彼女は、どこからどう見ても、隙のない様子だった。

落ち着いていて、目の前の光り輝くような美貌の男を見ても、眉一つ動かさない。

恋をしていれば、手の届くほど近い距離にいる彼に、あんな静かな目はできない。少なくとも自分は、たとえ感情を押し殺したとしても、もっと燃えるような瞳をしていたはずだ。

「公子。近いうちに、また皆で集まれませんか？」

マーガレットが穏やかな口調でやんわりとささやく。

「みんなって？」

相変わらず優美な微笑みを浮かべたアルフォンスは、同じテンポで栗にナイフを入れながら、軽く首をかしげた。

「その……噂で聞いたのですが、ジェレミーが婚約破棄をしたのでしょう？　大公がひどくお怒りになって、侯爵家で謹慎処分を受けていると聞きました。きっと落ち込んでいるでしょう。少し、かわいそうですわ。彼を慰める会を公子が開いて下されば、彼もきっと元気を取り戻すと思うのですが、いかがでしょうか。もちろん私も、なんでもお手伝いいたしますわ」

「――なるほど」

アルフォンスは切れ目を入れた栗をぽい、とカゴに放り込むと、ナイフをケースにしまい、ポケットに入れた。

そして組んだ足の上に両手を置いて、優雅に微笑む。

「モニカの言う通りだったな。恋の前にはどんな人間も、目が眩《くら》んでしまう」

その瞬間、マーガレットが「え」と体を強張らせた。

「な、なにがですか？」

「マーガレット。きみは僕の学友のジェレミーと、帝国留学時代から恋仲だったね。そして帰国後に結婚する予定だった彼に会うために、リンデにやってきた」

「っ……！」

皇女の細い喉から声にならない悲鳴が漏れた。

「きみがジェレミーに婚約を破棄するよう迫ったことを、僕はもう知っている」

「や、やめてください！　いくらアルフォンス公子でも、そんないいがかり許せません！　無礼ですわ！　失礼させていただきます……！」

椅子から立ち上がり、その場から逃げ出そうとした彼女を見て、モニカは彼女の行く末をふさぐように木の陰から飛び出した。

「待ってください」

「あっ、あなたは……！」

両手を広げて通せんぼしたモニカを見て、マーガレットの白い顔が、真っ青になる。

「モニカ・フォン・シュバリエと申します」

モニカはじりじりとマーガレットと距離を詰めていく。

「な、なぜあなたが宮殿内に⁉　故郷に帰ったはずでは……！」

唇を震わせるマーガレットに対して、アルフォンスが代わりに応える。

「彼女はしばらく前から、妹たちのメイドとして離宮で働いていたんだ。僕が知ったのは、少し経ってからだけど、自らの濡れ衣を晴らすために、潜入捜査に来ていたらしい」

「は⁇」

マーガレットの上品な顔が歪む。なにを言われたのかわからない――。

そう顔に書いてある。それはそうだろう。だが彼女が戸惑っている今がチャンスだ。

（一気に畳みかける……！）

モニカは眼鏡を押し上げつつ、はっきりと口にした。

「皇女殿下とお話をさせていただくのは、これで二度目ですね。一度目は私が特別司書として働かせていただいている、図書室でした」

「っ……」

「忘れたとは言わせません。あなたがアルフォンス公子の学友である、ジェレミー・フォン・バルテルと逢い引きをなさっていた図書館です」

その瞬間、マーガレットの顔からは血の気が引き、完全に青ざめていた。

「な、なにを……」

「図書館に人が集まるのは、本を読んだり借りたりするためでしょう。私とアルフォンス公子が中央図書館で出会ったように、身分も関係ない、どこの誰がいたってかまわない。誰に見られたって言い訳ができる。だから……あなたとジェレミー様も、王宮内の図書室を利用して逢《おう》瀬《せ》を重ねたのでしょう」

「だ……だったら……！　その言葉の通り、私とジェレミーが図書室を利用してたとして、恋仲とは限らないじゃないっ……！　ふたりきりで会ったこともないわ！　なんの証拠もないのに皇女である私を侮辱するなら、今度は逮捕じゃすまな――!」

「証拠はあります」

そこでモニカは、小脇に抱えていた一冊の本の表紙をマーガレットに見せる。

「そ、それは……!」

「『エイヴァ』。道ならぬ恋に落ちたヒロインの恋愛遍歴が描かれた小説です。ご存じですね?」

モニカが確かめるように一歩前に歩を進めると、

「や、やっぱりあなたが盗んでいたのね!」

マーガレット皇女がヒステリックに叫ぶ。

「いいえ」

モニカはゆるく首を振って、本を開きゆっくりとページをめくった。

「これは盗まれたとされる、初版本ではありません」

「え?」

「挿絵が差し替えられた版です。探せば町の古書店でも見つけることができます」

その瞬間、マーガレットは凍り付いたように唇を震わせた。

「まさか……あの図書館に、二冊あった、というの……?」

さすが帝国第二皇女とでもいうべきだろうか。自分が犯したミスに気が付いたらしい。

「そうです。あなたと侯爵令息は初版の『エイヴァ』と二版を取り違えたんですよ。読めば挿絵の違いに気づいたはずなんですが」

モニカが真ん中ほどを開くと、一通の封筒が挟まれていた。

それを手に取ると同時に、

「返して！」

マーガレットが悲鳴を上げながら飛び掛かってきた。

「私のものよ、返しなさいっ‼」

冷静で、おしとやかで、品がある。今まで見てきたマーガレット皇女はなんだったのかというような、激しさだった。

刃物を持っているわけでもないのに、体がすくむ。一瞬身構えたところで、目の前に真っ白な壁が立ちはだかる。アルフォンスだ。

彼はモニカを背後にかばうと同時に、封筒を手にとって高く天に上げた。

「きみがモニカを逮捕させたのは、手紙を盗まれたと勘違いしたからだ！　こんなものが僕の目に入れば、ジェレミーもただではすまないからな！」

アルフォンスはマーガレット皇女を見下ろし、叫ぶ。

「証拠はあがっている！　観念するんだ‼」

「ひっ……うう、ああっ……あああ～‼」

マーガレット皇女は体を震わせ、よろよろとその場に崩れるように座り込むやいなや、身を引き絞るような悲鳴をあげた。

「ジェレミー！　ジェレミー……！　助けて！」

ここにいるはずがない、秘密の恋人の名を呼び続ける彼女は、もう正気を保っているようには見えなかった。

両手で顔を覆い、泣き崩れる彼女に、モニカとアルフォンスは無言で顔を見合わせる。

そして同時に、皇女の悲鳴と助けを求める声を聞きつけたらしい侍女やメイドたちが、慌てた様子で集まってくる。

自分がここにいるのはまずいのではないかと、体が強張った。だが次の瞬間、手首がつかまれる。アルフォンスだ。

「大丈夫。ここにいて」

「でも」

双子姫のメイドとしてやってきた自分が、公子と並んでいるのはどう考えてもおかしい。しかも彼の手はいつのまにかしっかりと、モニカの指にからみついている。

動揺し顔を上げると、いつにもまして『ロイヤル・ヴァイオレット』の瞳が爛々と輝いていた。

「きみは僕の隣にいるんだ。どんな時も」

アルフォンスはすでに覚悟を決めているのだ。だったら自分も腹をくくるしかない。

「……はい」

モニカは丸まった背筋をしゃんと伸ばし、やってくる人たちをまっすぐに見つめたのだった。


すべてが解決し、落ち着きを取り戻したのはそれから一週間ほど経ってからのことだった。

貴族令嬢らしい美麗なデイドレスに身を包んだモニカは、テーブルを挟んで、双子姫、アルフォンスとともに落ち葉の中で焼かれている栗を眺めながら、ぽつぽつと口を開く。

「『エイヴァ』の初版は、目録を作ったあと虫干しのために別の場所に移していたんです。で、別の場所にあった二版をもとあった場所におさめていて……」

「それを皇女とジェレミーが、ラブレターを挟むための目印にしたわけね」

双子姫の問いに、今度はアルフォンスがうなずく。

「で、虫干しが終わったときに初版とラブレターが挟まれた2版が入れ替えられ、しかも別の場所に保存された。だから皇女はラブレターを挟んだ本が盗まれたと勘違いしたわけだ」

「「なるほど、ややこしいわ～!!」」

双子姫たちのユニゾンが青空の下で響く。

「でも、それでモニカが疑われたのはどういうこと?」

「ちょうど、私が臨時で出勤した日に図書室に顔を出してしまって……ラブレターを挟んだ本を探し回っていたおふたりは、必ず決められた曜日にしか出勤しない私が、図書室に来ていることを怪しんで、それで私に疑いの目を向けたようなんです」

アルフォンスがはぁ、と重いため息をつく。

「司書なら本の中に挟まれた手紙に気づいてもおかしくない、と思ったんだろうな」

ちなみにメイドや女官が次々に配置換えになっていたのは、ジェレミーと文通を重ねるうち、毎週決まった時間に図書室に行く習慣が発覚するのを恐れたから、らしい。

「本当にとばっちりだわね～……」

「でも解決してよかった」

双子姫は頬杖をつき、じわじわと燃えている木の葉を眺めていたが、話に飽きたのか、何度か足をぶらぶらさせた後、

「「じゃあ、私たちはきれいな葉っぱを取りに行くわね！」」

と、完璧なまでに声をそろえ、侍従たちを連れてテーブルを離れて行ってしまった。

その様子を見たアルフォンスが苦笑する。

「妹に気を遣われた」

「えっ、そうなんですか」

「そうだよ」

彼はテーブルの上のモニカの手をもちあげると、手のひらを合わせるようにして重ね、指を

絡ませる。

なにを言うわけでもない。アルフォンスは頬杖をつき、もう一方の手でにぎにぎとモニカの手の感触を楽しんでいる。

（これは……からかってるな……）

これまで何度も体を重ねているのに、平素の甘酸っぱい空気が恥ずかしくてたまらない。

「えっと……。ジェレミー様の元婚約者のかたは大丈夫なんですか？」

なにか言わなければと思ってひねり出したのは、前から気になっていたことだった。

噂ではジェレミーの誕生日パーティーで、一方的に婚約破棄を言い渡され、ショックのあまり寝込んでいるのだとか。

「勿論フォローはしている。ジェレミーよりもいい男を、僕が個人的に紹介して……というか、もともと彼女のことをいいなと思っている男だったんだ。公爵の三男で外交官をしていて、世界中を飛び回っている男だ」

「外交官なら、いいですね」

「そう。さっさと結婚してしまえばリンデを飛び出せる。国内の嫌な噂が耳に入らない」

アルフォンスはおどけたような口調でぱちんと指を鳴らすと、それから背筋を伸ばし、モニカの手を両手で包み込んだ。

「それよりマーガレットのことだけれど、あれで本当によかった？」

「――はい」

こくりとうなずくと、アルフォンスは眉間にぎゅっとしわを寄せてまた大きなため息をつく。

「甘いなぁ……きみは危うく犯罪者にさせられそうだったんだぞ」

事実、かつてこの大陸の三分の一をおさめていた大帝国の第二皇女――美しい妖精のような彼女は、恋に狂い多くの人間の人生をめちゃくちゃにした。

モニカと家族だって、ボタンがいくつか掛け違っていれば、ただではすまなかっただろう。

「そうですね。でも代わりに、こどものための図書館をリンデ中のあちこちに、寄贈していただくことになりました。それで十分です」

『我が国の子爵令嬢に濡れ衣を着せた罪は重いが、皇女殿下の罪を秘匿する代わりに新しい図書館を寄贈してもらう』

それがモニカがアルフォンスと相談して決めた、マーガレットに求める償いだった。

「そんな、ニコニコして……」

アルフォンスがモニカの顔を見て、呆れたように目を細める。

「だって、未来の本好きが増えるかもしれないわけで。最高でしょう?」

使っていない雑居ビルの一角や、古い屋敷などを改造して、子供のための図書館を作る。

なにも中央図書館ほどの規模を誇る図書館でなくていい。気軽に子供たちが集まって、好きな本を読める場所ができたらいい。

別に本が好きでなくてもいいのだ。小さいころのアルフォンスのように、どこか静かにひとりの場所が欲しい子供の居場所になれたらいい。そしてできたら、いつか本にも興味を持ってほしい。

「まぁ腹は立つけど。僕は、きみのそういうところが好きで、好きで……たまらないんだよな」

アルフォンスは苦笑しつつ椅子から立ち上がり、モニカにキスをする。

遠くから「「きゃー‼」」と双子姫のはしゃぐ声が聞こえたが、とりあえず聞こえなかったことにした。

マーガレット皇女はそれからしばらくして帰国することになった。

モニカもアルフォンスに誘われて、ひっそりとヴァイオレット急行に乗って帰国する彼女の見送りに来ている。

列車に乗る以外の客は、警邏《けいら》の軍人たちが近づけないようにしていた。ここにいるのは数少ない関係者だけだ。

「――本当に……許してくれて、ありがとう」

駅のホームで、マーガレットはモニカに対して深々と頭を下げる。

マーガレットの醜聞はモニカの意志により、もみ消されることになった。表向きは『長い休暇を終えて故郷に帰る』だけである。華々しく迎えられた往路とは違う、静かな旅立ちだ。

「十分すぎる気持ちは、いただきましたから」

リンデ国内に子供のための図書施設を作る。そのための資金は彼女の個人資産から捻出される。

帝国の第二皇女ともなれば、そのくらい支払えると言ったのは銀行家のトマスだ。彼には資産運用も兼ねて、図書館の運営に関わってもらうことになった。アルフォンスがちょっとだけ嫌そうだったのは、ここだけの話だ。

「どうぞ、お元気で」

モニカはマーガレットの隣にいるジェレミーをちらりと見上げる。

そう、彼女の隣にはジェレミーがいた。アルフォンスは学友のひとりだったジェレミーを、帝国にあるリンデ大使館の職員に命じたのだ。

「公子っ……ありがとうございます。この御恩《ごおん》は一生忘れませんっ……」

彼は大柄で朴訥《ぼくとつ》な雰囲気のある好青年だった。ジェレミーは涙ぐみながら、体を折りたたむように頭を下げる。

留学中に皇女と恋に落ちたり、婚約者を捨てるような男だったので、どんないけ好かないヤツかと思っていたがそうではなかった。単純に不器用で純粋な人なのかもしれない。

（とはいえ、思いやりが足りないと思うけど……。恋に落ちると、普段はやらないようなものすごいことを、やらかしてしまうのかも……）

モニカもあまり人のことは言えない自覚はある。

「ジェレミー、リンデのために死ぬまで帝国で働け。もうなにがあっても、僕の助けはないと思えよ」

アルフォンスは軽く目を細めて、ジェレミーを一瞥する。

彼はさんざんモニカを甘いと言ったが、彼も十分甘いと思う。なんだかんだ言って、自分の長い留学に友人を付き合わせたという負い目があるのだろう。

『ヴァイオレット急行、出発いたしますー！』

空気を切り裂く笛の音と車掌の声がホームに響く。

マーガレット皇女とジェレミーは、お互いの背中を支えるようにして車両に乗り込む。

ふたりは車窓から何度も頭を下げていたが、アルフォンスは冷めた目をしたまま、モニカの肩を抱き、ゆっくりと動き出す列車を眺め、いつまでもその場に立ち尽くしていた。

「あのふたりはどうなるの？」

帝国の第二皇女と大使館職員の恋が、うまくいくはずがない。そう思うと同時にいつか読んだ物語のように、ハッピーエンドで終わってほしいとも思う。

そんな気持ちを胸にアルフォンスの横顔を見つめると、

「さぁね。正直言って、僕はまだ許してないから。ここだけの話、ふたりしてのたれ死ねばいいと思ってる」

と、恐ろしく辛辣なことを言うので、心臓がきゅっと縮まってしまった。

「アル」

たしなめるように名前を呼んだが、彼は相変わらず前を見たまま、モニカの肩を抱く手に力を込める。

「だって、そうだろう。もしあの逮捕が、僕がリンデから離れていた時に行われていたら？　暴走した軍部が拷問でもして、きみを傷つけていたら？」

「私は無事だったわ」

「違う！」

アルフォンスは叫び、それからモニカの両肩をつかむと、強引に引き寄せる。

「きみは十分、怖い思いをした！　傷ついたんだ！」

アルフォンスはすうっと息を吸い、それからたまらない、と言わんばかりに唇を震わせる。

「もし今後も、すべてを丸く収めるためなら少々傷ついてもいいなんて考えているのなら、やめた方がいい。きみになにかあったら僕は平静を保ってはいられない。いざとなれば抱えているもの全部、捨てるし投げ出したっていい。その覚悟がある！」

彼の言葉に目の前が真っ白になった。

国を、故郷を、家族を捨てる？

アルフォンスはそのすべてを守るために人生を捧げてきたというのに、モニカになにかあれば、捨てるとまではっきり口にした。

彼に好きだと抱きしめられるたび、愛してると口づけられるたび、その思いの深さに驚いているというのに、まだ彼はその熱の温度を上げ続ける心持ちらしい。

「アル……」

モニカは手のひらを彼の胸の上に置く。彼のごうごうと燃えるハートは上品なコートの下にあるので、触れられるはずもないのだが、なぜか伝わってくる。

「あなたになにも、捨てさせない」

「モニカ……」

「釣り合わないとか、逮捕されたこととか、正直考えると気が重くなるけど……でも、もうそんな言葉に振り回されるのはやめる。堂々とあなたの妻になって、あなたとしわくちゃのおじいちゃんおばあちゃんになるまで、生き抜いて、この愛する国で、あなたと幸せになってみせるわ……！」

楽観的だと笑いたければ笑えばいい。

だが自分が信じなければ、誰が信じてくれるというのだ。

「モニカ……！　それでこそ僕が惚《ほ》れた女だ！」

アルフレッドはそう叫ぶや否や、モニカのわきの下に手を入れて、いきなり持ち上げる。

「きゃあ‼」

視界が恐ろしく高くなって悲鳴を上げたが、次の瞬間体がぐるんと回転して、また「ひい！」とかわいくない声が出た。

「だ、だめ、なに、ちょっ、やめてっ……！」

「モニカ、愛してる！」

「駅のホームでそんなこと叫ぶのやめてっ！」

ずり落ちる眼鏡を押さえつつ、足をばたつかせたり彼の肩をバシバシ叩いていたら、ようやくふっと力が緩んで、足が地面に下ろされる。

振り回されて眩暈がしたが、なんとかアルフォンスの胸に倒れ込んではぁ、と息をついた。

「もう、アルったら……」

人払いをしているとはいえ、さすがに勘弁してほしい。

笑いながら顔をあげると同時に、ひどくまじめな表情をしたアルフォンスが、覆いかぶさるように顔を近づけてくる。

「あ……んっ……」

唇をかまれ、舌を吸われ、唾液を注がれた。

痺れて眩暈がする。寒いと思っていた体が熱を帯び、力が抜けていく。

熱いキスの合間に、彼は何度も愛している、とささやきながら、口づけを深くしていく。

ここは駅のホームだ。

誰かに見られたら？　そう考えたのは一瞬で。

ああ、違う。ここは誰よりも愛する男の腕の中だ。怖いことなどなにもない。

モニカは微笑みながら、アルフォンスの背中に腕を回したのだった。


それから季節が一周したころ――。

リンデ公国の新聞の見出しが、次期大公アルフォンスと子爵令嬢の記事で埋め尽くされることになる。

『帝国より寄贈された私立図書館の図書館長に就任した、モニカ・フォン・シュバリエ嬢。アルフォンス公子と熱愛⁉』

『記者会見でアルフォンス公子「あたたかく見守ってほしい」交際を認める！』

これまで一度も交際を認めたことがなかったアルフォンスの交際宣言に、国中の女性が阿鼻叫喚《あびきょうかん》したのは言うまでもない。

そしてさらに一年後。

アルフォンスの即位にあわせてモニカは新しい時代の大公妃として、熱狂的に迎えられたのだった。

番外編　溢れるほどの愛を

「国民を、後ろ盾にしなさい」

病気を理由に大公位をアルフォンスに譲位することを決断した大公は、挨拶に来た息子とその恋人を見て、静かにそう言った。

「お心遣い、感謝いたします」

たった一言の挨拶を終えたモニカは、医者に見送られながらアルフォンスと宮殿の庭を歩く。

「死ぬほど恋した恋人とも、義務で結ばれた母とも、癒やしを求めた女性とも、うまくいかなかった。父は父なりに、気遣ってくれてるんだろうね」

アルフォンスの言葉に、モニカはゆるゆると首を振った。

「それも勿論あるとは思うんだけど……父親として、アルの幸せを心から願ってくださっているんじゃないかしら」

アルフォンスは少し驚いたように何度か目をぱちくりさせた後、

「じゃあ、うんと幸せにならなくちゃいけないな」

隣を歩くモニカの手をぎゅっと握りしめた。それが二年前のことである。

総レースのウエディングドレスに身を包んだモニカは、三日三晩執り行われた結婚式に、すっかり疲労困憊《ひろうこんぱい》していた。首や手の甲までレースに覆われたドレスは美しいが、体にぴったりサイズで、疲れている今は一刻も早く脱ぎたくてたまらない。

だが一緒に部屋に付き添ってきた女官に、

「アルフォンス様のご希望で、ドレスはそのままで待っているようにとのことでございます」

と釘を刺されたので「はぁい……」と仕方なくうなずいた。

ひとりソファーに腰を下ろし、肘置きにもたれながら夫のことを考える。

交際宣言から約一年、アルフォンスは大公即位と結婚を一気にやってしまおうと、怒涛の準備を進め、今日という日を迎えた。

新しい大公家、新しい恋の形。

とにかく先進的で新しいものが大好きなリンデの国民は、双子姫たちの家庭教師であり、女性初の図書館長として働くモニカを、想像していたよりずっと柔軟に受け入れてくれた。

とはいえ結婚はゴールではない。スタートだ。これからもアルフォンスの顔に泥を塗らないよう、居住まいを正すのみなのだが、夫であり新大公となったアルフォンスは、自分の比では

「はぁ～……」

ないくらい執務に忙殺されていて、この三日間、ふたりきりになった記憶は五分もない。

今日は最終日。朝から昼までは国内でパレードをこなし、夕方からは各国の大使や王族を招いた晩餐会が厳かに執り行われた。

時計の針が深夜十二時を回った頃、モニカはようやく自室に戻ることができたが、アルフォンスはまだだ。リンデ公国が誇る社交場アレクサンドラ・ルームズで、各国の王侯貴族とともに、外交の一環としてカードに興じているはずだ。

（アル……寝不足でしょうに、大丈夫かしら……）

うとうとしながら、モニカは目を閉じる――。


ちゅっ、ちゅっと顔の近くでリップ音が響く。

何事かと目を開けると「起こしてごめん」と柔らかく微笑むアルフォンスと目が合った。

ネイビーカラーの正装に身を包んだ彼は、眠たげに目をこするモニカの顔を両手で包んで、

「あんまりにもかわいいからキスしたくなった」

と、妙に真面目な顔でささやく。ようやく帰ってこれたようだ。

「もうっ……普通に起こしてくれたらよかったのに」

モニカが笑って体を起こすと、アルフォンスはモニカの両手を取って立ち上がらせる。

「花嫁姿をよく見せて」

モニカは照れつつ背の高い彼を見つめた。

ドレスはレースをふんだんに使った肌の露出がまったくないシックなデザインだ。レースが手の甲までぴったりと覆っており、ビーズやスワロフスキーがキラキラと輝いている。まさに着る宝石と呼べる、リンデが誇る職人工房が一年がかりで製作した至高の逸品だった。

「……きれいだ」

たっぷり時間を取ったあと、アルフォンスは心の底からの賞賛の言葉を口にする。

「ありがとう。それと……図書館長の仕事も、続けさせてくれてありがとう」

「社会に貢献するのがリンデ公室の役目だ。図書館の仕事はリンデの子供たちのための事業でもある。これからもモニカには職務を全うしてほしい」

そう、結婚したら仕事を辞めなければならないと思っていたのに、なんとリンデ公室はモニカに引き続き職務を全うするよう告げたのである。

これはモニカだけの特別措置でない。アルフォンスは国内の多くの医療機関のパトロンを務めており、双子姫たちも慈善団体を立ち上げて支援している。

女だから、結婚したら家庭に入り子を産むことしかできないと思っていたが、まさか公室に入ることで働き続けることができるなど、数年前の自分には思いつきもしなかった。

そしてこれから先は、働きたいと思う女性も普通に働くことができる、そんな未来が来るのではないだろうか。

自分がこれからのリンデのモデルケースになると思えば、身も引き締まる思いである。

「それでね、ドレスを着たままでいてほしいって言ったのはね」

「うん」

「その姿でしたかったから、なんだ」

「――は？」

アルフォンスは指先を絡めたまま、にっこりと微笑んだ。

天蓋付きのベッドの柱にしがみついたモニカは、肩越しに後ろを振り返った。

たっぷりのレースを使ったドレスの裾は腰までたくし上げられていて、片方だけ留め金を外されたガーターが、突かれるたびにベルトがひらひらと揺れている。

「んっ、アッ、やっ……はっ……あ！　アルッ……」

「うん……気持ちいいね、モニカ」

上半身裸のアルフォンスは、スラックスの前をくつろげてモニカの腰をつかみ、優しくモニカの最奥に己の屹立を押し付けている。

もう、何度アルフォンスはモニカの中に、白濁を放っただろうか。

ソファーで、床で、姿見の前で。彼のそそり立った先端はモニカの中を蹂躙しながらも、決して強引にことをすすめたりはしなかった。

ベッドに近づいたが結局あと一歩のところで、モニカは己の足で自分を支えるように命じられている。アルフォンスはいまだ萎えることなく、モニカを高みへと導き続けていた。

「や、も、だ、めッ……あぁっ……」

「大丈夫だよ、モニカ……まだ、愛し合える……」

アルフォンスは軽やかにそんなことを言い放ち、少し前かがみになってモニカの耳に舌をはわせた。

「あっ……！」

彼の屹立がモニカのいいところにあたって、目の前に火花が散る。

「あるっ、あっ、待って、わたし、イク、からっ……」

「じゃあ、一緒にイこうか」

「やっ、もう、たってられないっ……アルッ……」

モニカが必死で声を絞り出すと、

「わかった。ベッドに行こう」

アルフォンスは照れたように微笑んで、挿入したままモニカの体を抱き上げると、もつれるようにベッドの上にモニカを押し倒していた。

「モニカ……好きだよっ……」

アルフォンスはシーツに横たえたモニカの左足を持ち上げると、背後から激しく突き上げる。